KB008567

노인과 바다

The Old Man and the Sea

노인과 바다

1판 1쇄 발행 2021년 10월 15일

지은이 어니스트 헤밍웨이

옮긴이 박찬영

편집 정예림

디자인 박민정

펴낸이 박찬영

마케팅 조병훈, 박민규, 최진주

발행처 리베르

주소 서울특별시 성동구 왕십리로 58 서울숲포휴 11층

등록번호 제2013-000017호

전화 02-790-0587, 0588

팩스 02-790-0589

e-mail skyblue7410@hanmail.net

ISBN 978-89-6582-320-9, 978-89-6582-315-5(세트)

노인과 바다

The Old Man and the Sea

어니스트 헤밍웨이 지음 · 박찬영 옮김

리베르

차례

작가와 작품 세계

어니스트 헤밍웨이(Ernest Miller Hemingway)

미국의 소설가로 1899년 시카고 교외의 오크파크에서 출생했다. 아버지는 의사였고 어머니는 성악가였기에 비교적 유복한 유년기를 보냈다. 고교 졸업 후에는 대학에 진학하지 않고 '캔자스시티 스타'지 기자가 됐다. 제1차 세계대전 때 적십자 야전 병원 수송차 운전병으로 참전했고, 이탈리아 전선에 종군 중 다리에 중상을 입고 휴전이 되어 1919년 귀국했다. 몸이 낫자 캐나다 '토론토 스타'지의 특파원이 되어 다시 유럽으로 건너갔으며, 그리스-터키 전쟁을 보도했다.

작품집 '3편의 단편과 10편의 시(Three Stories and Ten Poems: 1923)'를 펴내면서 본격적으로 글을 쓰기 시작했다. 청소년기의 체험을 바탕으로 한 단편집 '우리들의 시대에(In Our Time: 1924)'를 발표했으며, 다음 작품 '봄의 분류(The Torrents of Spring: 1926)'에 이어 발표된 '해는 또다시 떠오른다(The Sun Also Rises: 1926)'로 명성을 얻기 시작했다.

1928년 귀국 후 전쟁 문학의 걸작인 '무기여 잘 있거라(A Farewell to Arms: 1929)'를 완성해 국외에서도 큰 반향을 불러일으켰다. 1940년에는 에스파냐 내란을 배경으로 미국 청년 로버트 조단을 주인공으로 한 '누구를 위하여 종은 울리나(For Whom the Bell Tolls: 1940)'를 발표했다. '노인과 바다(The Old Man and the Sea: 1952)'로 퓰리처상과 노벨 문학상을 받았다. 단편집으로 '우리들의 시대에' 외에 '남자들만의 세계(Men Without Women: 1927)', '승자는 허무하다(Winner Take Nothing: 1932)'가 있다.

헤밍웨이는 20세기를 대표하는 작가로, 가혹한 현실에 맞선 인간의 비극적인 모습을 간결한 문체로 힘차게 묘사했다.

작가 연보

1899년 7월 21일 미국 시카고 교외의 오크파크에서 태어남.

1917년 고등학교 졸업 후 '캔자스시티 스타'지의 수습기자로 근무함.

1918년 제1차 세계대전에 적십자 부대의 구급차 운전병으로 입대. 이탈리아 전선에 투입됐으나 두 다리에 중상을 입고 이듬해 귀국함.

1920년 캐나다 '토론토 스타'지의 특파원으로 근무함.

1923년 '3편의 단편과 10편의 시' 출판.

1926년 '해는 또다시 떠오른다'를 발표하며 피츠제럴드, 포크너와 함께 '잃어버린 세대(Lost Generation)'의 대표작가로 주목받음.

1929년 '무기여 잘 있거라' 완성.

1940년 스페인 내란 때 특파원으로 참전함. 이때의 경험을 바탕으로 '누구를 위하여 종은 울리나' 발표.

1952년 '노인과 바다' 출판.

1953년 퓰리처상 수상.

1954년 노벨 문학상 수상.

1961년 아이다호 주 자택에서 엽총 자살로 사망.

구성과 줄거리

발단

멕시코 만에서 고기잡이를 하는 노인을 소년이 믿고 따름

어부 산티아고는 수년 전 아내를 잃고 멕시코 만에서 고기잡이를 하는 노인이다. 그는 84일 동안 고기 한 마리를 잡지 못하여 주위 사람들에게 어부로서의 운이 다했다는 조롱을 받는다. 처음 40일 동안은 한 소년이 같이 있었으나 소년의 부모는 노인의 운이 막혔다며 다른 배에 타게 한다. 소년은 노인과 함께 고기잡이를 나가지 못하는 것을 안타까워한다. 노인과 소년은 서로에 대한 깊은 신뢰와 애정을 가지고 있다.

두 사람은 노인의 오두막집으로 향한다. 방 안에는 아내의 유품인 예수의 상과 성모 마리아 그림이 걸려 있다. 양키즈의 조 디마지오를 좋아하는 두 사람은 밥을 먹으며 야구 얘기를 한다. 그리곤 내일 고기잡이를 위해 잠을 잔다. 노인은 아프리카 해안과 사자가 나오는 꿈을 꾼다.

전개

노인이 큰 고기를 낚지만 고기에게 끌려 먼바다로 나가게 됨

85일째 되는 날 노인은 소년의 배웅을 받으며 고기잡이를 나간다. 평소보다 더 멀리 나간 노인은 엄청나게 큰 고기를 낚는다. 그러나 낚싯줄에 걸린 고기가 북쪽 어딘가로 계속해서 달려가는 바람에 해안에서 먼바다까지 끌려 나가게 된다. 며칠 밤낮을 뜬눈으로 고기와 대치하던 노인은 소년이 함께 있지 않음을 몹시 아쉬워한다.

노인은 지나가는 새와 이야기를 나누며 마음의 위로를 찾는다. 그러나 갑자기 고기가 요동치는 바람에 노인은 손을 다치고 유일한 벗인 새는 날아가 버린다. 노인은 바다 저편을 바라보며 외롭다고 생각하다가 누구도 바다에서는 외롭지 않다는 걸 깨닫는다.

위기
안간힘을 다해 고기를 죽이고 귀갓길에 오름

마실 물도, 먹을 양식도 떨어진 상황에서 노인은 낚아 올린 작은 다랑어로 요기를 하며 버틴다. 미풍에 드러난 고기는 노인의 배보다 더 큰 크기였다. 노인은 자신감을 불어넣기 위해 젊은 시절 술집에서 흑인 장사와 팔씨름하던 일을 상기한다. 만 하루 동안 진행된 경기에서 노인이 승리했고 사람들은 그를 챔피언이라고 불렀다.

노인은 모든 것을 다 포기하고 싶은 마음을 추스르고 안간힘을 다해 싸워 마침내 작살로 고기의 심장을 찌른다. 고기는 족히 1,500파운드는 되어 보였다. 노인은 고기를 배 옆에 붙들어 매고 귀갓길에 오른다.

절정
노인은 상어를 물리치지만 잡은 고기는 뼈만 남게 됨

항구로 돌아오는 도중 노인은 죽은 고기의 피 냄새를 맡은 상어 떼에게 습격을 당한다. 노인은 "인간은 파멸할 수는 있어도 패배할 수는 없어."라고 생각하며 상어 떼를 물리친다. 노인은 밤중까지 노와 몽둥이로 상어 떼와 싸운다. 그러나 몰려오는 상어 떼를 감당하기 어렵다.

온갖 어려움을 이겨 내고 잡은 고기를 상어에게 뜯기자 노인은 탈진

할 정도로 지쳐 버린다. 하지만 불굴의 의지를 보여 주었던 디마지오라는 야구 선수와 고기임에도 품위를 보여 준 큰 고기를 생각한다. 항구로 돌아올 즈음 고기는 뼈만 남게 된다.

결말

마을 사람들은 고기 뼈를 보고 놀라고, 집에 돌아온 노인은 사자 꿈을 꿈

항구에 도착한 노인은 배를 자갈밭에 대고 자신의 오두막으로 가 쓰러지듯 잠이 든다. 이튿날 아침, 사람들은 노인의 배에 달린 고기의 뼈를 보고 놀라움을 감추지 못한다. 소년은 노인의 손을 보며 하염없이 울며 그를 보살핀다. 한참 만에 노인이 잠에서 깨자 소년은 다음에는 함께 바다에 나가자고 말한다. 소년이 지켜보는 가운데 노인은 다시 깊은 잠에 빠진다. 노인은 자신이 원하던 사자 꿈을 꾼다.

주요 등장인물

노인

멕시코 만에서 고기잡이를 하는 어부이다. 84일 동안 고기를 한 마리도 잡지 못하지만 85일째 되는 날 엄청난 크기에 고기를 잡는다. 며칠을 고군분투하며 잡은 고기를 상어 떼가 습격하지만 결코 좌절하지 않는다.

소년

5살부터 노인에게 낚시를 배웠다. 노인이 40일 넘게 고기를 잡지 못하자 부모님의 만류로 다른 배에 타게 되고 이를 안타까워한다. 함께 고기잡이를 나가지 못하지만 노인에게 도움이 되고자 노력한다.

청새치

노인이 85일 만에 잡은 물고기로, 길이는 18피트에 무게는 1,500파운드가 넘는 어마어마한 크기이다. 사흘 동안 노인과 혈투를 벌이다가 결국 잡히고 만다.

상어 떼

피 냄새를 맡고 청새치에게 달려든다. 노인이 고기를 지키기 위해 싸우지만 결국 청새치의 머리와 뼈만 남기고 모두 먹어 치운다.

생각해 볼 문제

1. 이 작품에서 바다와 노인, 그리고 상어 떼와 사자 꿈 등이 상징하는 것은 무엇인가?

바다는 인간의 삶의 터전인 현실 세계를 상징한다. 고기에게 끌려 먼 바다까지 나가게 된 노인은 바다에서 갖은 고생을 한다. 그러나 작가는 바다를 부정적으로 그리려고 한 게 아니다. 소설 속에서 노인은 바다를 '라 마르'라는 여성 명사로 부른다. 바다를 경쟁자나 경쟁 장소, 심지어는 적이라고 말하며 '엘 마르'라고 부르는 다른 어부들과는 대조적이다. 노인은 바다가 가끔 사나워질 때도 있으나 대부분 은혜를 베푼다고 생각한다. 노인의 관점에서 바라보면 바다는 가진 것을 베풀어 주는 어머니를 상징한다. 바다는 인간이 싸우고 괴로워하고 죽도록 운명 지어진 세계가 아니라, 용기를 가지고 싸울 때는 충분한 보상이 주어지는 세계로 그려져 있다. 바다를 배경으로 노인은 절대로 지지 않겠다는 의지를 갖고 상어 떼에 저항하고 싸운다. 노인과 대립하는 상어라는 존재는 현실에서 겪는 시련과 고통을 상징한다. 특히 노인은 상어와 싸우다가 애써 잡은 고기의 살점을 모두 잃고 만다. 현실의 고통에 패배한다고 이해할 수도 있다. 그러나 작품 속에서 강조되는 건 결과가 아닌 운명과 맞서 싸우는 과정 자체이다. 노인은 상어와 혈투를 벌인 후 돌아와서 사자 꿈을 꾼다. 이는 끝까지 체념하지 않고 고난과 맞서 싸우는 인간의 강인한 정신력을 보여 준다.

2. 노인이 바다의 작은 새나 자신이 잡은 큰 고기를 보고 형제간이라고 말했던 것은 어떤 의미인가?

노인이 고기와 힘을 겨루고 있을 때 작은 새 한 마리가 배를 향해 날아온다. 무척 지쳐 보이는 그 새는 낚싯줄 위에 앉는다. 노인은 그런 새를 바라보며 다정하게 말을 건다. 또한 노인은 날치, 돌고래, 자신이 잡은 고기까지 형제라고 부른다. 이런 노인의 태도는 지상의 모든 피조물은 신 앞에서 동등한 존재라고 여기는 관점에서 나왔다. 노인이 큰 고기를 잡은 후 느낀 동정심에는 모든 생명체가 형제이고 차별 없는 존재라는 철학이 바탕을 이룬다. 하지만 노인이 상어 떼를 대하는 태도는 조금 다르다. 노인은 새나 고기와는 달리 상어 떼의 습격에 적의와 증오를 품고 대항한다. 이는 상어 떼의 습격을 자연의 섭리를 존중하는 가운데 벌어진 싸움이 아닌, 남이 애써 얻은 것을 강탈하려는 행위로 받아들였기 때문이다.

3. 이 작품에 나오는 "인간은 파멸할 수는 있어도 패배할 수는 없다."라는 말의 의미는 무엇인가?

삶의 터전에서 벌어지는 싸움에서 최선을 다해 싸우다 쓰러지는 것은 패배가 아니라는 뜻이다. 유한한 존재인 인간은 절망함으로써 실패를 인정할 수도 있다. 그러나 포기하지 않고 역경에 맞서 싸울 수 있기도 하다. 이 사실을 알고 있는 노인은 육체적으로 파괴될망정 정신적으로는 절대 지지 않는다. 이런 노인의 태도는 인간에 대한 믿음과 희망을 잘 보여 준다. 애써 잡은 고기를 상어 떼가 습격하였을 때 충분히 좌절할 수도 있었다. 그러나 노인은 뼈만 남은 고기를 끌고 돌아오면서 절망

하거나 후회하지 않는다. 그는 허름한 침대에 누워서도 여전히 사자를 쫓는 꿈을 꾼다. 아마도 노인은 앞으로도 계속해서 고기잡이를 나갈 것이다. 이는 허무주의에 빠지지 않고 신념과 의지로 인내하는 인간의 자세를 뜻한다.

4. 작품 속 문체적 특징은 어떠한가?

'노인과 바다'에는 헤밍웨이 특유의 문체가 잘 드러나 있다. 작품은 감정을 절제한 짤막한 대화와 독백으로 진행된다. 긴 문장과 수식어가 덧붙여진 문장도 찾아보기 힘들다. 이처럼 군더더기 없는 건조하고 깔끔한 문체를 '하드보일드(hard bolide)' 스타일이라고 부른다. 이는 1930년 무렵 미국 문학에 등장한 새로운 사실주의 기법으로, 원래 '계란을 익히다'라는 뜻의 형용사이지만 계란을 익히면 더 단단해진다는 점에 착안하여 '비정, 냉혹'이라는 뜻의 문학 용어가 되었다. 헤밍웨이는 고등학교 졸업 후 신문 기자로 일했던 경험이 있다. 기사는 감정이 배제된 짧고 간결한 문체로 신속하게 작성해야 한다. 헤밍웨이의 문체는 이러한 경험에서 비롯된 것으로 보인다. 이러한 문체는 독자의 상상력을 자극할 여지를 남겨두어 시적 함의와 상징성을 조성하는 데 큰 역할을 한다. 또한 감정과 수식이 담긴 어떤 묘사보다도 노인이 처한 현실과 상황을 더욱 생생하게 그려낸다.

노인과 바다

노인은 멕시코 만(灣)에서 조각배를 타고 혼자 고기잡이를 했다. 날마다 바다로 나갔지만 지난 84일 동안 고기 한 마리 낚지 못했다. 처음 40일간은 한 소년과 함께 있었다. 그러나 40일이 지나도록 단 한 마리의 고기도 낚지 못하자 소년의 부모는 그 노인이 '살라오'임에 틀림없다고 말했다. '살라오(Salao)'란 운이 막혀 버려 재수가 없는 것을 뜻한다. 소년은 부모의 성화에 못 이겨 다른 배를 따라나섰는데 첫 주에 큼직한 고기를 세 마리나 낚았다. 그러나 소년은 노인이 날마다 빈 배로 돌아오는 것을 보면 마음이 편치 않아서 바닷가에 나가 노인을 기다리다가 낚싯줄이며 갈고리, 작살과 돛대에 감긴 돛을 거들어 날라 주었다. 돛은 밀가루 부대로 군데군데 기워져 있었는데, 마치 영원한 패배를 상징하는 것처럼 보였다.

노인은 여위고 앙상한 데다 목덜미에 주름살이 깊게 패여 있었다. 열대 지방 특유의 햇빛이 바다 위에서 반사한 탓으로 야윈 볼에는 피부암의 갈색 반점이 얼굴 아래쪽까지 번져 있었다. 손에는 큰 고기를 잡을 때 힘껏 밧줄을 잡아당기면서 생긴 상처가 훈장처럼 깊게 박혀 있었다. 오랜 세월에 걸쳐 생겨난 상처들이었다.

노인을 둘러싸고 있는 것은 모든 것이 다 낡고 늙어 있었다. 그러나 그의 눈빛만은 바다처럼 푸르고 활기에 넘쳐 있었으며 패배를 알지 못했다.

조각배를 끌어 올려놓은 뒤 두 사람은 둑으로 함께 올라갔다.

"산티아고 할아버지."

소년이 노인에게 말했다.

"실은 할아버지하고 다시 배를 탔으면 해요. 그동안 돈을 좀 벌었으니까요."

노인은 전부터 소년에게 고기잡이를 가르쳐 왔고, 소년은 노인을 무척 좋아했다.

"아니다."

노인이 고개를 저으며 말했다.

"넌 이제 재수 좋은 배를 탔으니 그냥 거기에 남아 있어."

"하지만 할아버지는 84일 동안 고기 한 마리 못 잡았는데, 우린 3주 동안 매일같이 큰 놈을 잡았다는 걸 생각해 보세요."

"그래, 알고 있어. 네가 날 믿지 못해서 떠난 게 아니라는 걸 알고 있으니 괜찮아."

"아버지 때문에 떠났던 거예요. 전 아직 어리니까 아버지 말을 들어야 했고요."

"그래, 알아. 물론 그래야지."

"아버지는 신념이 깊지 못해요."

"그래? 그렇지만 우리에겐 신념이 있잖아."

노인이 소년을 돌아보며 눈을 끔쩍했다.

“그럼요. 오늘은 테라스에서 맥주를 한잔 대접하고 싶어요. 그러고 나서 저 어구(漁具)들을 집으로 날라요.”

“좋지. 우린 고기잡이 동지니까.”

테라스에 자리를 잡고 앉자 주변의 많은 어부가 노인을 놀려 댔다. 그러나 노인은 화를 내지 않았다. 나이 지긋한 어부들은 그런 노인을 가엾게 여겼으나 그런 심정을 밖으로 드러내지는 않았다. 단지 조류라든지 낚싯줄을 드리웠던 바다의 깊이, 최근의 좋은 날씨에 대해, 아니면 그날 있었던 일들에 대해 조용히 이야기를 나눌 뿐이었다. 그날 재미를 본 축들은 돛새치에 칼질을 해서 두 개의 널빤지에 기다랗게 눕혀 놓고 그 판자 양쪽에 한 사람씩 붙어 비틀거리면서 어류 저장고로 운반해 갔다. 그곳에서 아바나 시장으로 운반해 갈 냉동 화물차를 기다리는 것이다. 상어를 잡은 어부들은 만(灣)의 건너편에 있는 공장으로 가서 도르래와 밧줄로 상어를 달아 올린 뒤 간을 빼내고 지느러미를 자른 다음, 껍질을 벗기고, 살을 소금에 절이기 위해 토막을 쳤다.

바람이 동쪽에서 불어오면 항구 건너 쪽까지 상어 공장의 생선 냄새가 풍겨왔다. 그러나 오늘은 바람이 북쪽으로 불다가 그나마 그치고 만 데다 테라스에 햇볕이 잘 들고 상쾌해서 냄새도 나는 듯 마는 듯했다.

“산티아고 할아버지.”

소년이 노인을 불렀다.

“응.”

노인이 대답했다. 그는 맥주잔을 든 채 옛날 생각을 하고 있는 중이었다.

“나가서 내일 쓸 정어리를 좀 구해 올까요?”

“넌 가서 야구나 하렴. 아직은 나 혼자서도 노를 저을 수 있고 로헬리오가 어망을 던질 테니까."

"하지만 전 지금 나갔다 왔으면 좋겠는데요. 할아버지하고 같이 고기잡이를 할 수 없으니까 다른 일이라도 도와드리고 싶어요."

"맥주를 샀잖아. 그걸로 됐어. 너도 이제 어른이 다 되었구나."

"할아버지가 저를 처음 배에 태워 주셨던 게 제가 몇 살 때의 일이지요?"

"다섯 살이었지, 아마. 내가 그때 꽤 힘센 놈을 하나 잡아 올렸는데, 그놈이 배를 산산조각 낼 뻔했지. 너도 하마터면 죽을 뻔했어. 기억나니?"

"생각나는 건 그놈이 꼬리를 철썩거리는 통에 가로대가 부러지고, 할아버지가 몽둥이로 그놈을 후려갈기던 소리예요. 할아버지가 그때 저를 뱃머리 쪽으로 떠밀어 버리던 거며, 배 전체가 요동치는데, 큰 나무를 찍어 넘기듯 할아버지가 몽둥이로 그놈을 내려치던 소리, 이윽고 내 몸에서 늘큰한 피비린내가 나던 것도 기억해요."

"정말 그때 일을 다 기억하고 있는 거냐? 아니면 내가 나중에 이야기해 주었던 건가?"

"우리가 함께 배를 타고 나간 다음부터의 일은 다 기억하고 있는걸요."

노인은 햇볕에 그을린 얼굴을 들더니 자애로운 눈으로 소년을 바라보았다.

"네가 내 아들이라면 너를 데리고 나가서 모험이라도 해 보겠는데……. 하지만 너한테는 부모님이 계신 데다 또 너는 지금 재수 좋은 배를 타고 있잖니."

"정어리를 구해 올까요? 미끼도 네 개쯤은 구해 올 수 있어요."

"내 미끼는 오늘치도 아직 많이 남았다. 궤짝에 소금으로 절여 뒀어."

"싱싱한 걸로 네 마리만 가져올게요."

"정 그렇다면 한 마리만 가져오너라."

노인은 희망과 자신을 완전히 잃은 적이 없었다. 지금도 미풍이 일 때처럼 희망과 함께 자신감이 솟구치는 걸 느낄 수 있었다.

"두 마리만 가져올게요."

소년이 고집을 부렸다.

"그래, 두 마리만. 설마 훔친 건 아니겠지?"

"훔칠 수도 있었지만 이건 산 거예요."

"고맙다."

노인이 말했다. 그는 단순한 성격이라 일단 한번 결정하고 나면 지나간 일에 집착하지 않았다. 그러나 그는 지금 자기가 양보했다는 걸 깨달았고, 그것이 결코 부끄러운 일도, 진정한 자부심에 손상을 주는 일도 아니라고 생각했다.

"조류가 이대로만 있어 준다면 내일은 재수가 좋을 거야."

"내일은 어느 쪽으로 가시려고요?"

"멀리 나가 보려고. 그래도 바람이 바뀌면 돌아와야지. 날이 밝기 전에 나가야겠다."

"저도 주인을 졸라서라도 멀리 나가 볼게요. 할아버지가 만일 진짜 큰 놈이라도 잡게 되면 옆에서 할아버지를 도울 수 있게 말예요."

"네 주인은 너무 멀리 나가는 건 싫어할걸."

"그래도 새가 고기를 찾고 있는 거나, 또 주인이 보지 못한 걸 봤다고 우겨서 돌고래를 쫓아 멀리 나가게 할 거예요."

"그 사람 시력이 그렇게 나쁘냐?"

"장님이나 마찬가지예요."

"그래? 그것 참 이상하구나. 그 사람은 거북 사냥을 나간 적이 없을 텐데.

거북 사냥을 하면 눈이 상하거든."

"할아버지는 머스키토 앞바다에서 몇 년씩이나 거북 사냥을 했는데도 아직 눈이 좋으시잖아요?"

"나야 원래 좀 특이한 늙은이니까."

"하지만 정말 큰 고기가 잡히면 이겨 낼 수 있겠어요?"

"그럴 거야. 요령이 있으니까."

"이제 그만 집으로 돌아가요. 그래야 정어리를 잡으러 가지요."

그들은 노인의 조각배에서 고기 잡는 도구를 집어 들었다. 노인은 어깨에 돛대를 메었고, 소년은 낚싯줄이 든 나무 궤짝과 갈고릿대, 긴 창살이 달린 작살 등을 손에 들었다. 조각배의 고물(배의 뒷부분) 밑에는 미끼통이 들어 있었고 그 옆에는 큰 고기를 낚아 올릴 때 후려치는 몽둥이가 있었다. 노인의 물건을 훔쳐 갈 사람은 없었지만, 돛과 굵은 밧줄은 이슬을 맞으면 좋지 않기 때문에 집으로 가지고 가는 편이 나았다. 노인은 누군가가 자신의 물건을 훔쳐 가지는 않을 거라고 믿고 있었지만 갈고릿대나 작살을 배에 놔둠으로써 쓸데없이 다른 사람의 마음을 어지럽힐 필요는 없다고 생각했다.

두 사람은 나란히 노인의 오두막집으로 가서 열려 있는 문 안으로 들어갔다. 돛을 감은 돛대를 노인은 벽에 세워 놓았고 소년이 나무 상자나 다른 고기잡이 도구들을 그 위에 놓았다. 돛대는 오두막의 단칸방만큼이나 길었다. 그 오두막집은 구아노라는 종려나무 싹의 딱딱한 껍질로 지은 집이었다. 안에는 침대와 테이블, 의자 그리고 진흙으로 된 흙바닥 한구석에 불을 피워 음식을 끓이는 부뚜막이 있었다. 질긴 구아노 잎을 여러 장 겹쳐 놓은 갈색 벽에는 예수의 성심(聖心)상과 코브레의 성모 마리아의 채색 그림이 걸려 있었다. 죽은 아내의 유품이었다. 한때는 그 벽에 아내의 사진을 걸어 놓았으나 사진을 볼 때마다 쓸쓸해져서 떼어 놓았다. 지금은 방 한구석의 선반 위, 세탁해 둔 셔츠 밑에 그 사진이 놓여 있었다.

"뭐 좀 드실 게 있나요?"

"현미 쌀밥 한 그릇과 생선이 있지. 너도 좀 먹을래?"

"전 집에 가서 먹겠어요. 불 좀 피워 드릴까요?"

"괜찮아. 내가 나중에 피우지. 그냥 차게 먹어도 되고."

"제가 투망을 가져가도 될까요?"

"좋고말고."

노인에게는 투망이 없었다. 소년은 노인이 그것을 언제 팔아 버렸는지 기억하고 있었다. 그러나 그들은 거짓으로 지어낸 대화를 날마다 주거니 받거니 했다. 현미밥도, 생선도 없다는 걸 소년은 알고 있었다.

"여든 다섯은 재수가 좋은 숫자야. 내장을 빼고도 천 파운드 넘게 무게가 나가는 큰 놈을 내가 잡아 오는 걸 봤으면 좋겠지?"

"전 투망으로 정어리나 잡으러 가겠어요. 할아버지는 문가 쪽 양지에 앉아 계시겠어요?"

"그래, 어제 신문이 하나 있으니까 야구 기사나 읽어야겠다."

소년은 어제 신문이 있다는 것도 거짓으로 꾸며 낸 얘기인지, 아닌지 통 알 수가 없었다. 그러나 노인은 침대 아래에서 정말로 신문을 꺼내 오는 것이었다.

"보데가에서 페리코가 이 신문을 주더구나."

"정어리를 잡으면 바로 돌아올게요. 할아버지가 드실 것하고 제가 쓸 것을 같이 얼음에 채워 놓은 다음 아침에 나누어 가져요. 제가 돌아오거든 야구 얘기 좀 들려주시고요."

"양키즈 팀이 질 리가 없지."

"그래도 클리블랜드의 인디언즈 팀이 걱정되는데요."

"양키즈 팀을 믿어라. 위대한 디마지오를 생각하란 말이다."

"하지만 디트로이트의 타이거즈 팀과 클리블랜드의 인디언즈 팀 모두 만만치가 않아요."

"그러다가는 신시네티의 레스 팀이나 시카고의 화이트 삭스 팀까지 겁내겠는걸. 그렇지! 끝수가 85로 된 복권을 한 장 사는 게 어떻겠니? 내일이 꼭 85일째 되는 날이거든."

"87일째에 최고 기록을 내셨으니 87이 어떨까요?"

"그래, 한 장만. 그런데 돈은 누구한테서 꾸지?"

"2달러 50센트쯤은 언제든지 빌릴 수 있어요."

"나도 마음만 먹으면 빌릴 수 있지만 그러지 않으려는 거지. 왜냐하면 처음엔 빌리는 거지만 다음엔 구걸하게 되니까."

"할아버지, 우선 몸을 따뜻하게 하고 계세요. 지금은 9월이란 걸 생각하셔야 해요."

"9월은 큰 고기가 오는 때지. 5월은 누구든지 고기잡이를 할 수 있는 달이지만."

"그럼 전 정어리를 구하러 가겠어요."

한참 후 소년이 돌아왔을 때 노인은 의자에 앉은 채로 잠들어 있었다. 이미 해가 진 후였다. 소년은 침대에 있던 낡은 군용 담요를 벗겨 와 노인의 어깨에 둘러 주었다. 늙었지만 두 어깨에 아직도 억센 힘이 넘쳐 있었다. 목덜미의 선도 팽팽해서 잠들어 머리를 숙이고 있어도 주름살이 거의 보이지 않았다. 노인이 입고 있는 셔츠는 그의 돛처럼 여러 번 기운 것이었고, 그나마 햇빛에 바랬다. 머리는 백발이었으며 눈을 감은 얼굴에는 생기가 없었다. 무릎 위의 신문은 그의 팔목에 눌린 채 저녁의 미풍에 펄럭였다. 노인은 맨발이었다. 소년이 노인을 그대로 두고 갔다가 다시 돌아왔을 때도 노인은 여전히 잠들어 있었다.

"할아버지, 이제 그만 일어나세요."

노인이 먼 곳에서 돌아오는 듯한 표정으로 눈을 떴다. 그는 곧 미소를 지었다.

"그게 뭐지?"

"저녁밥이에요."

"하지만 난 그리 배가 고프지 않다."

"그래도 드세요. 밥을 먹지 않으면 고기도 못 잡아요."

"안 먹고도 전엔 잡았었는데."

노인은 신문을 접으면서 일어났다. 그러고는 담요를 개기 시작했다.

"담요는 그냥 두르고 계세요. 제가 곁에 있는 한, 밥을 드시지 않고는 고기잡이도 못 하시게 할 거예요."

"그럼 부디 오래 살면서 네 몸이나 잘 돌보렴."

노인이 웃으며 말했다.

"까만 콩밥하고 바나나 튀긴 것, 그리고 스튜 조금이에요."

소년은 테라스에서 이중으로 된 양은그릇에 음식들을 담아 왔던 것이다. 그러더니 주머니에서 종이로 싼 나이프와 포크, 스푼 등을 꺼냈다.

"이걸 누가 주던?"

"마틴이 주었어요. 테라스 주인 말예요."

"그 사람에게 고맙다고 해야겠구나."

“제가 벌써 했어요. 할아버지까지 그러실 필요는 없어요.”

“이번에 큰 고기를 잡으면 그 사람에게 뱃살이라도 주어야겠다. 이번 말고도 전에 음식을 주곤 했었니?”

“네, 그래요.”

“그렇다면 뱃살보다 더 좋은 걸 줘야겠다. 그 사람, 우리한테 퍽 친절하구나.”

“맥주도 두 개나 줬어요.”

“나는 깡통 맥주가 제일 좋아.”

“하지만 오늘 건 병맥주예요. 해튜 맥주죠. 병은 돌려줄 거예요.”

“고맙다. 그럼 먹어 볼까?”

“아까부터 잡수시라고 했잖아요. 할아버지가 드시기 전까지 뚜껑을 열지 않으려고 했어요.”

소년은 다정한 말투로 노인에게 말했다.

“그럼 이제 먹자. 난 그저 손 씻을 시간이 필요했던 것뿐이야.”

손을 어디서 씻으셨다는 거지? 소년은 고개를 갸우뚱거렸다. 마을의 수도는 큰 거리를 둘씩이나 거쳐 내려가야 했다. 맞아, 왜 그 생각을 못했을까. 할아버지를 위해 물을 길어 왔어야 하는 건데. 비누랑 깨끗한 타월도 가져오고. 난 어째 이렇게 생각이 모자랄까? 다음엔 겨울에 입을 셔츠랑 재킷, 신발과 담요도 더 갖다 드려야겠다. 소년은 계속 이런 생각을 하고 있었다.

“스튜가 아주 맛있구나.”

노인이 말했다.

“야구 얘기나 해 주세요.”

“아메리칸 리그에서는 역시 양키즈 팀이 최고야.”

노인은 흥이 나서 말했다.

“하지만 오늘은 졌는걸요.”

“별것 아니야. 위대한 디마지오가 다시 활약할 거니까.”

“그 팀에는 다른 선수들도 있잖아요?”

“물론 그렇지만 디마지오가 나타나면 달라지지. 브룩클린과 필라델피아 사이의 시합이라면 나는 당연히 브룩클린 편을 들겠어. 그러나 딕 시슬러가 옛날 야구장에서 멋지게 직구를 던지던 일들이 생각나는군.”

“그런 멋진 강타는 없었어요. 제가 본 것 중에서 제일 멀리 쳐 낸 걸 거예요.”

“그가 테라스에 왔을 때의 일을 기억하니? 나는 그 선수를 고기잡이에 데리고 가고 싶었지만 너무 소심해서 말도 못 꺼냈지. 그래 널 보고 말해보라고 했던 건데, 너도 차마 말을 못했지.”

“그때는 참 바보 같았어요. 만약 말을 걸었더라면 우리하고 함께 갔을지도 모르는 일인데. 그랬다면 우린 평생 그 일을 잊지 못했겠죠.”

“나는 지금도 그 위대한 디마지오를 고기잡이에 한번 데리고 나갔으면 좋겠어. 그의 아버지도 어부였다고 하던데, 아마 디마지오도 한때는 우리처럼 가난했을 테니 서로 잘 통할 거야. 내가 네 나이 때는 횡범선(橫帆船 가로 돛을 단 범선)을 타고 아프리카로 갔었어. 저녁때는 사자들이 해안까지 나와서 어슬렁거리는 걸 봤지.”

“알아요, 전에도 얘기하셨어요.”

“아프리카 얘기를 더 할까, 야구 얘기를 계속할까?”

“야구 얘기요. 유명한 존 J. 맥글로우에 대해 얘기해 주세요.”

“예전에는 그도 종종 이 테라스에 나타나곤 했었지. 그렇지만 성질이 사납고 말투가 거칠어서 한번 술에 취하면 다루기가 힘들었어. 그는 야구 이외에도 경마에 관심이 많았어. 늘 호주머니 속에 말 일람표가 들어 있었고, 전화를 할 때조차 말 이름을 댔단다."

"훌륭한 매니저였어요. 우리 아버지는 그가 최고래요."

"그가 주로 여기에 나타났었으니까 그렇지. 만일 듀로처가 매년 잊지 않고 이곳에 나타났었다면 네 아버지는 듀로처가 제일 훌륭한 매니저라고 말했을 게다."

노인이 웃으며 말했다.

"그럼 진짜 누가 제일 훌륭한 매니저예요? 류크예요? 아니면 마이크 곤잘레스예요?"

"둘 다 비슷비슷하겠지."

"그래도 가장 훌륭한 어부는 바로 할아버지예요."

"아니야, 나보다 더 훌륭한 어부들이 많은걸."

"천만에요. 괜찮은 어부나 훌륭한 어부들도 더러 있겠죠. 그래도 할아버지가 최고인 건 사실이에요."

"고맙다. 네 말을 들으니 무척 기쁘구나. 하지만 너무 큰 고기가 나타나서 내가 당해 내지 못하면 네 칭찬이 부끄러워지겠는걸."

"할아버지가 말씀하신 대로 아직 기운이 세다면 그런 걱정을 하실 필요는 없을 거예요."

"내가 그렇게 튼튼하지 않을지도 몰라. 그래도 난 여러 가지 요령을 알고 있고 각오도 단단히 되어 있어."

"아침에 새로운 힘이 솟아날 수 있게 이제 잠자리에 드세요. 저는 이 그릇을 테라스에 돌려주겠어요."

"잘 자라. 아침에 내가 깨우마."

"할아버지가 제 자명종이라니까."

"내 자명종은 내 나이다. 늙은이는 왜 그렇게 일찍 잠이 깨는지 몰라. 영원히 잠들 시간이 가까웠으니까 하루를 좀 더 길게 보내라는 걸까?"

"젊은 애들은 늦잠을 잔다는 것밖에 모르겠어요."

"나 역시 그랬었지. 제 시간에 깨우마."

"전 주인이 깨워서 일어나는 게 싫어요. 그때마다 제가 그 사람만 못한 것 같다는 생각이 들거든요."

"그래, 알겠다."

"편히 주무세요, 할아버지."

소년은 밖으로 나갔다. 식탁에 불도 켜지 않고 저녁을 먹었기 때문에 노인은 어둠 속에서 그대로 바지를 벗고 잠자리에 들었다. 바지를 둘둘 말아서 그 속에 신문을 넣어 베개 대신 베었다. 담요로 몸을 감고 침대 스프링 위에 깐 신문지 위에서 잤다.

노인은 어렸을 적에 보았던 아프리카의 꿈을 꾸었다. 꿈속에서 길게 휜 황금빛 해안과 흰 모래사장과 높은 곶(岬), 거대한 갈색 산들을 보았다. 밤마다 노인은 꿈속의 그 해안에서 살다시피 했고, 꿈속에서 파도 소리를 들었고 파도 속을 뚫고 원주민들이 배를 저어 오는 것을 보았다. 노인은 갑판의 타르 냄새와 뱃밥 냄새를 맡았고, 뭍에서 불어오는 아침의 미풍 속에서 아프리카의 냄새를 맡곤 했다.

뭍의 미풍 냄새를 맡게 될 때쯤 노인은 습관적으로 잠에서 깨어나 옷을 입고 소년을 깨우러 갔다. 그러나 오늘은 그 미풍 냄새를 맡으면서도 너무 이른 시각이라는 것을 느꼈고 그래서 다시 꿈속으로 돌아가 바다에서 솟아오르는 섬의 흰 산봉우리를 보았고, 카나리아 국도의 여러 항구며, 정박장에 대한 꿈을 꾸었다. 노인은 이제 더 이상 폭풍우나 여자, 큰 사건이나 큰 고기, 싸움, 힘겨룸과 아내에 대한 꿈 같은 것은 꾸지 않았다. 다만 그동안 돌아다녔던 여러 장소며 해안의 사자 꿈을 꿀 뿐이었다. 사자는 마치 고양이 새끼처럼 황혼 속에서 뛰놀았고, 노인은 소년을 사랑하는 것처럼 그 사자들을 사랑했다. 하지만 이상하게도 소년에 대한 꿈을 꾸는 일은 없었다. 노인은 곧 잠에서 깨어 열린 문으로 달을 쳐다보며, 베개 대신으로 베고 있던 바지를 주섬주섬 꿰입었다. 판잣집 바깥에서 소변을 보고 소년을 깨우러 올라갔다. 그는 새벽 추위에 몸을 오싹 떨었다. 그러나 잠시 떨다 보면 몸이 따뜻해질 게고 또 곧 힘차게 노를 젓게 되리라고 생각했다.

소년의 집은 늘 문이 잠겨 있지 않았다. 노인은 문을 열고 맨발로 가만히 걸어 들어갔다. 소년은 첫 번째 방 침대에서 자고 있었는데 희미해져 가는 달빛으로 그 모습을 똑똑히 알아볼 수 있었다. 노인은 가만히 소년의 발을 잡았다. 이윽고 소년이 눈을 떴다. 노인이 고개를 끄덕이자 소년은 의자 위에서 바지를 집어 들고 침대에 앉은 채로 옷을 입었다.

노인이 나가자 소년이 따라나섰다. 잠이 덜 깬 소년의 어깨 위에 노인이 팔을 두르며 말했다.

"미안하구나."

"천만에요. 어른이 되려면 이 정도는 해야지요."

그들은 노인의 오두막까지 내려갔다. 아직 어둠이 가시지 않은 길가에서 맨발의 어부들이 자기 배의 돛대를 나르느라 부산히 움직이고 있었다. 노인의 판잣집에 이르자 소년도 바빠졌다. 소년은 광주리에 담긴 낚싯줄 고리와 갈고릿대와 작살을 들었고, 노인은 돛대를 어깨에 메고 배로 날랐다.

"커피 드시겠어요?"

소년이 물었다.

"이 도구들을 배에 갖다 두고 와서 들자."

그곳에는 이른 새벽마다 어부들에게 음식을 파는 곳이 있었다. 그들은 그곳에서 연유통으로 커피를 마셨다.

"어젯밤엔 잘 주무셨어요?"

소년은 말끔하게 잠에서 깬 것은 아니지만 점차 졸음이 가시는 중이었다.

"응, 잘 잤다. 마놀린. 어쩐지 오늘은 자신이 생기는데."

"저도 그래요. 정어리하고 할아버지가 쓸 싱싱한 미끼를 가져올게요. 우리 주인은 고기잡이 도구를 직접 가지고 오거든요. 남이 자기 도구를 나르는 걸 싫어해요."

"하지만 우리는 달라. 나는 네가 다섯 살 때부터 도구를 나르게 했지 않니."

"알아요. 곧 돌아올게요. 커피나 한 잔 더 드세요. 여기는 외상이 되니까요."

소년은 맨발로 산호석 위를 겅중겅중 뛰어 미끼가 저장되어 있는 얼음집으로 갔다.

노인은 천천히 커피를 마셨다. 그것으로 하루를 견뎌야 하기 때문에 끝까지 먹어 둬야 한다고 생각했다. 오래전부터 노인은 먹는 것이 귀찮아져서 점심을 가지고 나가지 않았다. 뱃머리에 물 한 병을 챙겨 두었는데, 그것만 있으면 온종일 견딜 수 있었다.

그때 소년이 신문에 싼 정어리와 미끼 두 개를 가지고 돌아왔다. 그들은 미끼를 들고 자갈이 섞인 모래를 밟으면서 배가 있는 곳까지 내려간 다음, 배를 들어 물에 띄웠다.

"할아버지, 행운을 빌어요."

"너도 행운을 빈다."

노인은 노에 묶어 둔 밧줄을 노 꽂이에 비틀어 매고 노깃(노를 저을 때 물속에 잠기는 노의 넓적한 부분)을 물에 밀어 넣으며 몸을 앞으로 구부렸다. 그리고 천천히 어둠을 헤치며 항구 밖으로 노를 저어 나가기 시작했다. 벌써 다른 배들도 바다로 나가고 있었다. 달이 산 너머로 넘어간 시각이어서 아무것도 보이지 않았으나 노가 물을 차는 소리를 들을 수 있었다.

가끔 누군가 배 위에서 말하는 소리가 들릴 때도 있었다. 그러나 대개 고깃배에서는 노 젓는 소리만 들릴 뿐 조용했다. 고깃배들은 항구 밖으로 나가면 각자 뱃머리를 돌려 뿔뿔이 흩어지는 것이다. 노인은 오늘 멀리 나갈 생각이었으므로 뭍의 냄새를 뒤로하고 넓은 대양의 맑은 냄새를 좇아 노를 저어 나아갔다. 어부들이 큰 샘이라고 부르는 곳까지 왔을 때 노인은 물속의 해초가 인광(燐光)을 발하는 것을 보았다. 이곳은 수심이 700길이나 움푹 꺼져 들어간 지점으로 해류가 바다 밑바닥의 가파른 벽에 부딪쳐 소용돌이를 이루고 있었기 때문에 갖가지 종류의 물고기가 모여들었다. 새우와 미끼감으로 쓸 잔고기가 수없이 많았으며, 가끔 아주 깊숙한 곳에 오징어 떼들이 몰려 있다가 밤이 되면 수면 가까이 올라와서 오가는 물고기에게 잡아먹히기도 했다.

노인은 어둠 속에서 아침이 다가오는 것을 느낄 수 있었다. 노를 저어 감에 따라 날치가 물을 차고 올라올 때의 물의 진동이 느껴졌고, 빳빳하게 세운 날개로 공기를 '쉿' 가르는 소리도 들을 수 있었다. 바다에서는 날치가 노인의 제일 친한 친구였기 때문에 노인은 날치를 대단히 좋아했다. 그는 새들을 가엾게 여기는 사람 중 하나였다. 특히 작고 가냘픈 검정색 제비갈매기는 물 위를 날며 언제나 먹이를 찾고 있었지만 먹을 것을 거의 구하지 못했기 때문에 더 불쌍했다.

'우리 인간보다 더 고달프게 살고 있구나. 어쩌자고 신은 잔인한 바다에 바다제비처럼 저렇게 약한 새를 만들었을까? 바다는 다정하고 아름답지만 갑자기 잔인하게 돌변할 수 있는데, 이 심술궂은 바다에서 가냘프고 구슬픈 소리로 노래를 부르며 먹이를 찾아 떠도는 새들은 너무나 연약한 존재로구나.'

노인은 바다를 늘 '라 마르'라고 생각했다. 그것은 스페인 사람들이 바다를 사랑하는 마음으로 붙인 여성 명사였다. 바다를 사랑하는 사람들이 간혹 상스러운 말로 바다를 욕할 때가 있기는 해도 그런 때 역시 바다는 여자로 여겨졌다. 간혹 젊은 어부들 가운데서는 낚싯줄을 뜨게 하려고 찌를 사용했다든지, 아니면 상어의 간으로 돈을 많이 벌어서 모터보트를 사게 되었을 경우 바다를 남성 명사인 '엘 마르'라고 부르기도 했다. 그들은 바다를 경쟁자나 경쟁 장소라고 생각했고, 심지어는 적이라고까지 말했다. 그러나 노인은 언제나 바다를 여성으로 여겨 바다가 큰 은혜를 베풀거나 간직하고 있다고 생각했다. 그래서 가끔 바다가 사나워지고 모질어질 때에는 어쩔 수 없는 사정이 있어 그러는 것이려니 여겼다. 달이 여인에게 영향을 미치듯 바다에게도 영향을 미친다고 생각했던 것이다.

노인은 쉬지 않고 노를 저었다. 배는 적당한 속력을 유지하고 있었고 바다가 잔잔해서 노 젓는 일이 전혀 힘들지 않았다. 조류의 덕택으로 배를 움직이는 힘의 3분의 1은 덜 수 있었다. 동이 트기 시작했을 때는 처음 목적지로 여겼던 곳보다 훨씬 멀리 나오게 되었다.

'지난 일주일 동안 깊은 곳에서 낚시질을 했지만 매일 허사였지. 오늘은 칼고등어와 다랑어 떼가 모이는 곳에서 작업을 해야겠다. 거기에 큼직한 놈이 있을지 모르니까.'

노인은 날이 완전히 밝아지기 전에 미끼를 꺼내려고 노를 놓았다. 이제 배는 조류에 맡길 심산이었다. 우선 미끼 하나를 40길 아래로 넣었다. 두 번째 것은 75길 아래로, 세 번째 것과 네 번째 것은 각각 100길과 125길 아래의 푸른 물속에 내려뜨렸다. 낚싯바늘의 몸대는 미끼 고기 안으로 밀어 넣어 단단히 꿰맸고, 구부러지고 뾰족한 부분은 싱싱한 정어리로 쌌기 때문에 미끼는 모두 머리를 아래로 두고 매달려 있었다. 정어리들은 양쪽 눈을 꿰어 달아 놓았는데 그 모양이 마치 돌출된 낚싯바늘에 반달 모양의 화환을 씌운 것 같았다. 미끼의 구수한 냄새가 고기들의 입맛을 돋울 만했다.

소년이 노인에게 싱싱한 다랑어 새끼 두 마리를 주었는데, 그것은 제일 깊이 던진 줄에 매달려 있었다. 다른 줄에는 한 번 썼었던 푸른 정어리와 누르스름한 빛을 띠고 있는 연어 수놈을 매달았다. 연필 굵기만 한 낚싯줄에는 초록색 수액을 칠한 막대기를 하나씩 매달아 놓아 고기가 미끼를 조금 잡아당기거나 닿기만 해도 막대기가 물속에 잠기도록 되어 있었다. 또 낚싯줄마다 40길짜리의 낚싯줄 두 벌이 같이 달려 있었는데, 이것을 다른 낚싯줄에 이어 맬 수 있도록 되어 있어서 경우에 따라서는 물고기가 300길 이상까지 낚싯줄을 끌고 나갈 수 있었다.

이제 노인은 뱃전(배의 좌우 언저리 부분) 너머로 낚싯대 세 개가 물에 잠기는 것을 지켜보면서 낚싯줄을 적당한 수심에서 위아래로 팽팽하게 당겨지도록 가만히 노를 저었다. 이제 곧 해가 솟아오를 것 같았다.

해가 바다 위로 희미하게 떠오르자 저 멀리 물 위에 떠 있는 다른 고깃배들이 조류를 가로질러 야트막하게 흩어져 있는 것을 볼 수 있었다. 날이 점점 더 밝아지면서 수면 위에 햇빛이 반짝거리기 시작했고, 이윽고 해가 수평선 위로 떠오르면서 바다에 햇빛이 반사되어 눈이 부셨다.

노인은 바다를 내려다보다가 어두운 물속 깊이 곧게 내리뻗은 낚싯줄을 보았다. 그는 낚싯줄을 휘어지지 않게 바로잡는 일에 누구보다도 능숙했다. 그래야 근처를 오가는 고기가 바로 미끼를 물 수 있도록 원하는 곳에 정확히 미끼를 놓을 수 있었다. 다른 어부들은 종종 조류에 낚싯줄을 담가 놓기 때문에 100길 되는 곳에 낚시를 드리운다는 것이 실제로는 60길 수심에 떠 있기도 했다.

그러나 나는 항상 정확하지. 노인은 혼자 생각했다. 단지 난 운이 없을 뿐이야. 그러나 누가 알아? 오늘은 운이 좋은 날일지. 하루하루가 새로운 날이니까 말이야. 재수가 있으면 더욱 좋겠지만, 먼저 빈틈이 없어야 해. 그럼 운이 따를 때도 놓치지 않게 되지.

해 뜬 후 두 시간이 지나자 이젠 동쪽을 바라보아도 그다지 눈이 부시지 않았다. 이제 시야에 들어오는 배는 세 척밖에 없었고, 그나마 그 배들도 먼 해안 쪽에서 납작하게 보였다.

노인은 다시 생각했다. 난 아마 평생 동안 바라보아 온 아침 햇빛 때문에 눈이 상했을 거야. 하지만 그래도 아직은 괜찮아. 저녁때는 해를 똑바로 쳐다보아도 눈앞이 캄캄해지지는 않으니까. 사실 햇빛은 저녁이 더 강한데도 눈을 고통스럽게 하는 건 아침 해란 말이야.

그때였다. 노인은 군함새 한 마리가 길고 검은 날개를 편 채 그의 머리 위 하늘을 빙빙 돌고 있는 것을 보았다. 새는 날개를 뒤로 젖힌 비스듬한 자세로 급강하했다가는 다시 하늘로 날아올랐다.

"뭘 본 게로구나. 그냥 먹이만 찾고 있는 게 아니야."

노인은 새가 맴돌고 있는 곳을 향해 천천히 노를 저어 다가갔다. 그는 절대 서두르지 않고, 낚싯줄이 위아래로 팽팽하게 드리워져 있도록 유지하면서 가까이 갔다. 새를 이용하지 않고 고기잡이할 때보다 조금 더 빠른 속도였다.

새는 더 높이 날아올라 가더니 날개를 움직이지도 않은 채 그 자리에서 다시 빙빙 돌았다. 그러다가 갑자기 수면을 향해 내려왔다. 노인은 날치가 물 위로 튀어나와 필사적으로 달아나는 것을 보았다.

"돌고래군. 큰 돌고래야."

그는 노를 노받이에 걸고 뱃머리 밑창에서 작은 낚싯줄을 하나 꺼냈다. 그 줄에는 철사로 된 낚시걸이와 보통 크기의 낚시가 달려 있었다. 노인은 거기에다 미끼로 정어리 한 마리를 달았다. 그것을 그물 쪽에 있는 쇠고리에 단단히 붙들어 맨 뒤 뱃전 너머로 드리웠다. 그리고 계속해서 다른 낚싯줄에도 미끼를 달아서 뱃머리의 구석진 곳에 감아 놓았다. 그는 다시 노를 저으며 아까 그 검은 새가 수면 위를 낮게 날면서 먹이 찾는 모습을 지켜보았다.

새는 날개를 비스듬히 하고 수면 근처에서 날치를 잡으려고 야단스레 활개를 치고 있었으나 소용없는 짓이었다. 노인은 수면이 불룩하게 부풀어 오른 것을 볼 수 있었다. 날치 떼의 바로 아래쪽에서 돌고래가 물살을 헤치며 날치를 쫓고 있었던 것이다. 돌고래는 전속력으로 달려가다가 날치가 물속으로 뛰어들 때 잡으려고 했다. 떼를 이룬 돌고래가 꽤 많아서 그 날치들이 살아날 가망이 거의 없다고 노인은 생각했다. 검은 새도 자신의 몸집에 비해 크고 빠른 날치를 잡을 가망은 거의 없었다.

노인은 날치들이 자꾸만 튀어 오르고 그것을 잡으려는 새의 부질없는 동작을 지켜볼 따름이었다. 고래 떼를 놓쳐 버렸군. 노인은 생각했다. 놈들은 민첩하게 멀리 달리고 있어 쉽게 따라잡을 수가 없었다. 그래도 아마 혼자

뒤떨어진 놈을 잡아 올릴 수 있을지 몰라. 혹 그놈을 놓친다 해도 그 근방에 큰 고기가 있을지도 모르고. 내 큰 고기가 말이야. 그 녀석, 어딘가에는 반드시 있을 거야.

저 멀리 육지 위로 구름이 산처럼 피어나고, 해안은 검푸른 산들 때문에 긴 초록색 선으로 보였다. 바닷물은 검푸른 색이었는데 너무 짙어서 자줏빛에 가까웠다. 어두운 물속을 들여다보니 붉은 가루를 뿌려 놓은 듯한 플랑크톤이 보였고, 이따금 햇빛이 물속에서 이상한 색으로 반사되는 것도 눈에 띄었다. 노인은 낚싯줄이 물속 깊은 곳까지 똑바로 드리워져 있는가를 살펴보았다. 플랑크톤이 떠 있다는 것은 바로 가까이에 고기가 있다는 의미였다. 해가 더욱 높이 솟아오른 것이라든지, 육지 위 구름의 형태로 보아 오늘 날씨는 틀림없이 좋을 것 같았다. 이제 새는 시야 밖으로 사라져 보이지 않았고, 수면 위에는 햇볕에 바란 해초가, 뱃전 가까이에는 자줏빛 고깔해파리만 보일 뿐이었다. 해파리는 물살에 의해 앞뒤로 뒤집히며 기분 좋게 거품을 뿜고 있었는데, 자줏빛 긴 실꼬리들을 1야드 가량의 물속에서 질질 끌고 떠다녔다.

"이건 '아구아말라'로군. 갈보 년 같으니라구."

노인이 가만히 노를 저으며 물속을 들여다보니 긴 실꼬리 사이로 작은 고기들이 헤엄쳐 다니기도 하고, 물거품 아래 그늘에 숨어 있기도 했다. 작은 고기들은 이미 해파리의 독에 면역이 되어 있었다. 그러나 사람은 그렇지가 않아서 그렇게 오랜 세월 고기잡이를 한 노인이라도 실수로 팔이나 손에 자줏빛 점액을 묻히게 되면 옻나무를 만졌을 때와 같은 자국이나 종기가 생겼다. '아구아말라' 독은 금세 온몸으로 퍼져서 마치 채찍으로 맞은 것처럼 부풀어 올랐다.

그러나 지금은 그 무지개빛 거품조차 아름다워 보였다. 그것은 바다에서 가장 기만적인 것이어서 큰 바다거북들은 이것을 보면 주저하지 않고 다가와서 눈을 감고는 먹어 버리는 것이었다. 노인은 거북들이 해파리를 먹어 버리는 걸 좋아했을 뿐 아니라 폭풍이 지난 뒤의 해변을 걸어 다닐 때 곳곳에 널려 있는 해파리들이 단단한 구두창 아래에서 '펑펑'하고 터지는 소리를 듣는 것도 좋아했다.

그는 녹색 자라와 대모 거북이 품위가 있고 값이 더 나갔기 때문에 특히 더 좋아했다. 그러나 등껍질이 누렇고 교미하는 모습이 야릇한 데다 눈을 감고 고깔해파리를 즐겨 먹는 크고 우둔한 왕바다거북을 볼 때에는 경멸감으로 깔보기도 했다.

노인은 여러 해 동안 거북잡이 배를 타기도 했었지만 거북에 대해서 신비한 환상을 갖고 있지는 않았다. 그는 모든 거북에 대해서 단지 측은하다는 동정심을 갖고 있었다. 길이가 조각배만 하고 무게가 1톤이나 되는 큰 거북을 보아도 그런 생각이 들었다. 거북은 칼질을 해서 배를 갈라 놓아도 몇 시간 동안이나 심장이 뛰기 때문에 대부분의 사람들은 거북에 대해서 냉혹한 태도를 취한다. 그러나 노인은 나도 이런 심장을 갖고 있으며, 내 손발도 거북의 손발과 비슷하다고 생각하곤 했었다. 노인은 기운을 내려고 거북의 흰 알을 먹은 적이 있다. 9월과 10월에 큰 고기를 잡을 힘을 기르려고 5월 내내 그 알을 먹었던 것이다.

노인은 또 어부들이 고기잡이 도구를 보관해 두는 판잣집으로 가서 상어 간유를 매일 한 잔씩 마셨다. 상어 간유는 큰 드럼통에 담겨 있었는데, 원하는 어부들은 누구라도 마실 수 있도록 거기에 놓여 있었다. 대부분의 어부들은 그 맛을 싫어했다. 그러나 간유를 먹으면 아른 아침에도 가뿐하게 일어날 수 있었고, 사소한 감기나 유행성 감기에 효과가 있었을 뿐 아니라 눈에도 좋았다.

그때 노인은 머리 위에서 다시금 새가 빙빙 도는 것을 보았다.

"고기를 찾았구나."

노인이 소리 내어 말했다. 방금 전처럼 수면으로 뛰어 오르는 날치도 없었고 미끼 고기들도 흩어져 있지는 않았다. 그러나 곧 작은 다랑어 한 마리가 공중으로 뛰어올랐다가 물속으로 곤두박질쳤다. 햇빛을 받아 은빛으로 빛나던 다랑어 한 마리가 물속으로 떨어지고 나자 연달아 다른 다랑어들이 뛰어오르더니 사방으로 날뛰었다. 다랑어들은 바닷물을 휘저으며 미끼를 따라 뛰어올랐다 떨어지곤 했다. 미끼 주위를 맴돌며 좇고 있는 것이었다.

저것들이 저렇게 빨리 도망가지만 않는다면 내가 따라갈 텐데, 하고 노인은 생각했다. 노인은 다랑어 떼가 흰 거품을 일으키며 쫓아다니고 겁에 질려 물 위로 밀려 올라온 잔 미끼 고기들을 내려 덮치는 새의 모습을 지켜보았다.

"낚시에는 새가 꽤 도움이 된단 말이야."

노인이 중얼거렸다. 바로 그때였다. 고리를 만들어 밟고 있던 고물 쪽 낚싯줄이 팽팽해졌다. 노인은 재빨리 손에서 노를 놓고 줄을 단단히 잡아 끌어올렸다. 낚시에 걸린 작은 다랑어가 부르르 떨며 낚싯줄을 잡아당기는 것이 느껴졌다. 줄을 잡아당길수록 고기는 더 요동쳤다. 노인은 물속에서 푸드덕거리는 고기의 푸른 잔등을 보았고, 고기를 뱃전으로 채어 올리기 직전에 등이 금빛으로 번쩍이는 것을 보았다. 다랑어는 햇볕이 내리쬐는 고물 쪽에 놓여졌다. 단단한 총알처럼 생긴 다랑어는 크고 멍청한 눈으로 허공을 바라보며 말쑥한 꼬리로 배의 널빤지를 두들겨 대며 생명을 재촉하고 있었다. 노인은 고기를 생각해서 다랑어의 머리를 때려 즉사시킨 다음 아직도 떨고 있는 몸뚱이를 고물 구석진 곳으로 던졌다.

"다랑어야. 좋은 미끼가 되겠다. 못해도 10파운드는 나가겠는걸."

언제부터의 일인지 기억하지는 못했으나 노인은 혼자 배에 탔을 때 소리 내어 중얼거리는 버릇이 있었다. 옛날에는 혼자 있을 때 노래를 곧잘 불렀다. 고깃배나 거북잡이 배를 타고 밤에 당직을 할 때 혼자 키(배의 방향을 조절하는 기구)를 잡고 한밤중에 노래를 부르곤 했던 것이다. 그가 이렇게 소리 내어 말하기 시작하게 된 건 소년이 떠난 후 혼자 있게 되면서부터였던 것 같았다.

노인과 소년은 함께 고기잡이를 할 때도 꼭 필요한 때만 얘기를 하곤 했다. 그들은 밤이라든지 악천후 때문에 도리 없이 갇혀 있을 때에만 얘기를 했다. 바다에서는 쓸데없는 얘기를 하지 않는 것이 좋다고들 생각했고, 실제로 노인도 그렇게 생각했기 때문이었다. 대부분의 어부들에게는 그런 습관이 있었다. 그러나 지금 노인은 자신의 생각을 자꾸 소리 내어 말해도 괜찮을 거라고 생각했다. 노인의 얘기를 귀찮아 할 사람이 아무도 없으니 말이다.

"내가 혼자서 이렇게 소리 내어 말하는 것을 들으면 아마 미쳤다고 하겠지."

노인은 다시 소리 내어 말했다.

"하지만 미치지 않았으니까 상관할 것 없어. 돈 많은 사람들은 라디오를 가지고 다니니까 배에서도 원하면 언제든지 말상대가 되어 주고 야구 중계도 들려준다지만."

'지금은 야구 생각을 할 때가 아니지'하고 노인은 생각했다. 지금은 꼭 한 가지 일만 생각할 때였다. 그것을 위해서 내가 태어난 거야. 고기 떼 주위에는 반드시 큰 놈이 있을 거야. 나는 지금 먹이를 쫓고 있는 다랑어들

중에서 낙오된 한 마리를 잡았을 뿐이야. 그런데 다른 놈들은 재빨리 달아나고 있다. 오늘 물 위로 떠오른 놈은 어째 죄다 급하게 북동쪽으로 달리고 있는 거지? 지금 시간이 으레 그럴 때인가, 아니면 내가 모르는 무슨 날씨 변화라도 있다는 얘긴가?

이제 더 이상 육지의 푸른 해안선은 보이지 않았다. 보이는 것이라고는 눈으로 덮인 듯 희고 푸른 산봉우리와 그 위에 떠 있는 구름뿐이었다. 바다는 검푸른 색을 띠고 있었고 햇빛은 물속에서 무지개빛으로 반짝거렸다. 해가 높이 솟은 탓에 숱하게 흩어져 있던 플랑크톤의 조각들도 사라지고 푸른 물속으로 들여다보이는 것이라고는 수직으로 드리워진 낚싯줄과 물속 저 깊은 곳에서 프리즘처럼 반사되는 햇빛뿐이었다.

다랑어 떼는 다시 물속 깊이 숨어 버렸다. 어부들은 이들 고기의 종류를 통틀어 다랑어라 불렀고, 고기를 팔러 가거나 미끼 고기와 바꾸려고 할 때만 제 이름을 부르며 구별했다. 햇살이 뜨거워져 노인은 목덜미에 열기를 느꼈고, 노 젓는 일에도 땀이 흘러내리는 것을 느낄 수 있었다.

이대로 배를 띄워 놓고 잠을 좀 잘까, 발가락에 낚싯줄을 감아 놓으면 깨어날 수 있겠지. 하지만 오늘은 85일째다. 정신 차려서 낚시질을 해야 해.

그때였다. 물 위에 나와 있던 초록색 막대기 중 하나가 물속으로 쑥 들어가는 것이 보였다.

"옳지."

노인은 눈을 빛내며 노를 뱃전에 부딪치지 않게끔 조심해서 노받이에 걸었다. 그리고 팔을 뻗어 낚싯줄을 잡은 뒤 오른손 엄지와 검지 사이에 끼우고 가볍게 들었다. 낚싯줄이 당겨지거나 묵직해져 오는 느낌이 없어서 그냥 가볍게 잡고만 있었다. 그때 또 그런 느낌이 전해졌다. 이번에도 시험 삼아

건드려 보는 정도였다. 노인은 그것이 무엇을 뜻하는지를 정확하게 알 수 있었다. 저 아래 100길 물속에서 지금 청새치가 낚싯바늘과 그 뾰족한 끝을 감싸고 있는 정어리를 먹고 있는 것이었다. 거기에는 또 새끼 다랑어의 머리통이 있었고, 손으로 벌려서 만든 낚시가 삐죽 튀어나와 있었다.

노인은 낚싯줄을 조심스럽게 잡은 뒤 왼손으로 낚싯대에서 줄을 풀었다. 고기가 눈치채지 못하도록 손가락 사이로 슬슬 줄을 풀어 놓을 단계였다.

이렇게 멀리 나왔겠다, 또 계절이 계절인 만큼 틀림없이 큰 놈일 것이다. 자, 어서 먹어라, 먹어. 600피트 아래의 어둡고 찬 물속에 있으니 너나 미끼나 얼마나 싱싱하겠니, 어둠 속에서 한 바퀴 더 돌고 와서 나머지 미끼까지 마저 먹으려무나.

고기가 미끼를 가볍게 가만가만 잡아당기는 것을 느끼며 노인은 부탁하듯 혼잣말을 했다. 그러나 낚시에 끼워 놓은 정어리 머리를 뜯어내는 게 어려웠던지 아까보다 힘차게 잡아당기는 게 느껴졌다. 그러다 잠잠해졌다.

"자, 한 바퀴 더 돌아. 그리고 냄새를 좀 더 맡아 봐. 구수하잖아? 자, 실컷 먹어. 다랑어도 있지 않니, 단단하고 차가운 것이 맛이 좋단다. 부끄러워하지 말고 어서 먹어."

노인은 엄지와 검지 사이에 낚싯줄을 쥐고 기다리면서 그 줄과 다른 줄을 동시에 지켜보았다. 고기들이 아래위로 동시에 헤엄쳐 다닐지도 모르는 일이기 때문이었다. 그때 고기가 가볍게 다시 미끼를 건드렸다.

"틀림없이 먹을 거야. 오, 제발 좀 물어 다오."

그런데도 고기는 더 이상 미끼를 먹지 않았다. 멀리 가 버렸는지 아무 반응이 없었다.

"그럴 리가 없을 텐데. 절대로 가 버릴 리가 없어. 아마 이 주위를 한 바퀴 돌고 있을 거야. 전에 낚시에 한 번 걸린 적이 있어서 의심이 많은 놈인가 보지."

노인은 그때 낚싯줄이 다시 약하게 떠는 것을 느끼고 뛸 듯이 기뻐했다. 그리고 잠시 후 세찬, 믿을 수 없을 만큼 무서운 힘을 느꼈다. 노인은 끌리는 대로 낚싯줄을 풀어 주었다. 낚싯줄은 예비로 두었던 두 개의 사리 가운데 하나가 다 풀릴 정도로 밑으로 잠겨 들어갔다. 엄지와 검지 사이로 줄이 풀려 나갈 때 줄을 누르고 있지는 않았지만 엄청난 무게를 느낄 수 있었다.

"이 녀석 봐라. 이젠 미끼를 물고 옆으로 달아나는군."

그러다가 한 바퀴 돌아와서 미끼를 삼켜 버리겠지, 하고 노인은 생각했다. 그러나 좋은 일일수록 입방정을 떨면 될 일도 잘 안 된다는 것을 알고 있었기 때문에 그 말을 입 밖으로 소리 내어 말하지는 않았다. 그는 이놈이 얼마나 거대한 놈인지를 가늠해 보았고, 미끼 다랑어를 문 채 달아나는 모습을 상상해 보았다. 고기의 움직임은 그즈음 멈추었으나 낚싯줄에 전해오는 무게는 아직도 그대로였다. 그러다 점점 더 중량감이 더해지는 것을 느끼고 노인은 서둘러 줄을 더 풀었다. 그가 엄지와 검지를 잠시 꽉 쥐자 고기의 무게가 더해지면서 줄이 곧장 아래로 내려갔다.

"드디어 먹었군. 실컷 먹도록 놔두어야지."

노인은 손가락 사이로 줄이 계속 풀려 나가도록 해 놓고, 왼손으로는 낚싯줄의 끝을 옆에 있던 두 개의 예비 사리 고리에 단단히 묶었다. 모든 준비가 끝난 것이다.

"조금만 더 삼켜라. 토하지 않도록 잘 삼키란 말이다."

낚싯바늘 끝이 심장에 박혀 숨이 끊어질 때까지 꿀꺽 삼키란 말이야. 노인은 속으로 생각했다. 그다음엔 힘들게 하지 말고 떠올라서 작살로 널 찌를 수 있게 해 다오. 자, 다 됐지? 실컷 먹었겠지?

"됐어!"

노인은 소리를 지르면서 두 손으로 힘껏 줄을 낚아챘다. 1야드쯤 낚싯줄을 끌어 올린 다음 자신의 몸무게를 축으로 해서 양팔을 열심히 움직여 연거푸 잡아챘다.

놈은 꿈쩍도 안 했다. 오히려 고기는 천천히 달아나기 시작했다. 노인이 쓰는 낚싯줄은 아주 튼튼해서 무겁고 큰 고기를 낚는 데 알맞게 만들어진 것이었다. 그것을 등에 메고 있자니 줄이 팽팽해지며 물방울이 튀었다. 물속에서 쉿쉿 하는 소리가 나기 시작했고, 노인은 몸을 뒤로 젖혀 가름대에 기댄 채 팽팽한 줄을 버텨 잡았다. 배는 서북쪽을 향해서 끌려가기 시작했다.

고기가 끊임없이 움직여 노인과 고기는 겉으로 보기에 그저 평온하고 잔잔한 바다 위를 천천히 달리고 있는 것 같았다. 다른 미끼는 아직 물속에 있었지만 입질이 없어서 손댈 필요가 없었다.

"이럴 때 그 애가 있었으면. 나는 지금 고기한테 끌려가고 있으니 마치 밧줄을 비끄러맨 말뚝이 된 셈이군. 줄을 더 세게 당기면 저 고기가 아예 줄을 끊어 버릴 수도 있으니까 조심해야겠어. 힘이 닿는 데까지 놈을 잡고 있다가 필요할 때는 줄을 더 풀어 주면서 말이야. 그래도 놈이 더 아래로 내려가지 않는 것만도 얼마나 고마운 일인가?"

만약 녀석이 아래로 내려갈 작정을 하면 그땐 어떻게 해야 할까? 혹 물속으로 끌려 내려가 죽기라도 한다면? 무슨 방도가 있겠지. 상황에 따라 내가 취할 방법이 꽤 있을 거야.

노인은 낚싯줄을 등에 멘 채 버티고 있었다. 그리고 물속으로 비스듬히 뻗어 내려간 줄과 계속 북서쪽으로 끌려가는 배를 지켜보았다.

이러다 죽을지도 몰라. 영원히 이렇게 하고 있을 수는 없을 테니까. 네 시간이 지나도록 고기는 줄기차게 배를 끌고 바다 멀리로 헤엄쳐 갔다. 노인도 그때까지 여전히 줄을 등에 멘 채 버티고 있었다.

"이 녀석을 낚은 것이 정오였지, 아마? 그런데 아직 어떻게 생긴 놈인지 보지 못했구나."

노인은 고기를 낚기 전부터 밀짚모자를 푹 내려 쓰고 있었던 터라 점점 앞이마가 쓸려 왔다. 목도 말랐다. 할 수 없이 그는 무릎을 꿇고 앉아서 줄이 당겨지지 않도록 조심하면서 뱃머리 쪽으로 다가가 한 손으로 물병을 잡았다. 마개를 열고 물을 조금 마신 다음 뱃머리에 기대 잠시 쉬었다. 돛자리에서 떼어 낸 돛대와 돛 위에 걸터앉아 쉬면서 고기와의 싸움 말고는 다른 아무 생각도 하지 않으려고 했다.

뒤를 돌아보았으나 육지는 보이지 않았다. 상관없어, 하고 노인은 생각했다. 마음만 먹으면 언제든지 아바나에서 비치는 빛을 따라 들어갈 수 있으니 말이다. 해가 지려면 아직 두 시간이 더 남아 있었다. 녀석이 그 전에는 올라오겠지. 적어도 달이 뜰 때까지는 올라오겠지. 그것도 아니라면 다음 날 해가 뜰 때는 떠오르겠지. 아직 쥐도 나지 않고 버틸 만하다. 낚시를 물고 있는 것은 저 녀석이니까. 그런데 저렇게도 힘차게 끌고 가는 걸 보면 대단한 놈이야. 틀림없이 철사를 문 입을 꽉 다물고 있을 게다. 그 모습을 보면 좋으련만. 나하고 겨루고 있는 놈이 어떤 놈인지 꼭 한 번이라도 보면 좋겠구나.

고기는 밤새도록 방향을 바꾸지 않았다. 별을 보고 알 수 있었다. 해가 지고 나니 서늘해지고, 등과 팔다리에 흘러내렸던 땀이 식어 춥기까지 했다. 낮에 노인은 미끼통을 덮었던 자루를 햇볕에 널어 말렸었다. 그는 그 자루를 목에 비끄러 묶어 등을 덮은 다음 양쪽 어깨를 가로지르고 있는 낚싯줄 밑으로 조심스레 밀어 넣었다. 자루가 일종의 쿠션 역할을 한 데다 몸을 굽혀 뱃머리에 기대고 나니 편안한 자세를 취할 수 있게 되었다. 실제로는 그저 약간 견딜 만한 정도였을 뿐 크게 나아진 것이 없는데도 노인은 훨씬 편안하다고 생각하는 것이었다.

지금은 나도 녀석을 어떻게 할 도리가 없고 녀석도 나를 어쩌지 못하고 있는 거야, 하고 노인은 생각했다. 녀석이 이 짓을 계속하는 한 저나 나나 어쩔 수가 없다는 건 분명해.

노인은 중간에 한 번 일어서서 뱃전 너머로 소변을 보면서 하늘에 떠 있는 별을 보고 방향을 살폈다. 낚싯줄이 그의 어깨에서 물속으로 곧게 뻗어 내려가 마치 인광의 줄무늬처럼 보였다. 배는 한층 더 천천히 움직이고 있었다. 아바나의 불빛이 그다지 강하지 않은 것으로 보아 배가 조류 때문에 동쪽으로 움직이고 있음을 알 수 있었다. 만일 아바나의 불빛이 안 보이게 된다면 배는 생각보다 더 동쪽으로 나가 있을 것일 게다.

오늘 그랜드 리그전의 야구 경기는 어떻게 되었을까. 배 위에서 라디오를 듣는다는 건 얼마나 신기하고 즐거운 일일까. 그러다가 문득 노인은 고기를 떠올렸다.

지금 하고 있는 일에만 집중하자. 어리석은 행동은 금물이야.

누구에게랄 것도 없이 노인은 큰 소리로 말했다.

"그 애가 있었으면 정말 좋았을 텐데. 나를 도와주고 이런 근사한 구경도 할 수 있었을 테니 말이야."

늙을수록 혼자 있을 게 아니라고 그는 생각했다. 하지만 어쩔 수가 없지. 힘을 낼 수 있도록 다랑어가 상하기 전에 먹어 둬야 한다. 잊지 말고, 아무리 먹기 싫더라도 아침에는 저 다랑어를 꼭 먹어야 해. 그는 타이르듯 자신에게 말했다.

밤새 돌고래 두 마리가 배 주위를 왔다 갔다 하면서 물속에서 뒹굴고 물을 뿜는 소리가 들려왔다. 노인은 수컷이 물을 뿜는 소리와 암컷이 한숨 쉬듯 물을 뿜는 소리를 구별해 낼 수 있었다.

"착한 놈들이야. 함께 놀고, 장난치고 부러울 정도로 서로 사랑한단 말이야. 날치나 마찬가지로 우리는 서로 형제간이야."

그러다가 노인은 자신이 낚은 큰 고기가 갑자기 불쌍하게 여겨졌다. 나이는 얼마나 됐을까, 저렇게 기운이 좋고 이상하게 행동하는 놈은 또 처음이란 말이야, 하고 노인은 생각했다. 영리한 놈이라 그런지 튀어 오르지도 않아. 갑자기 솟구쳐 오르거나 덤벼들면 꼼짝없이 내가 당하게 될 텐데도 전에 여러 번 낚시에 걸려 본 적이 있는지 으레 이런 식으로 싸워야 한다고 여기는 것 같단 말이야. 저하고 겨루고 있는 상대가 겨우 노인 한 사람이라는 것을 알 턱이 없겠지. 얼마나 큰 고기일까? 값은 얼마나 나갈까? 미끼를 먹는 걸로 봐서는 분명 수컷 같은데, 끌고 가는 것도 그렇고, 인간과 싸우는 데도 전혀 당황하는 기색이 없어. 대체 무슨 속셈으로 이러는 건지. 나처럼 그저 필사적인 것뿐일까?

노인은 언젠가 마알린(새치. 바닷물고기) 한 쌍 중에서 한 마리만 낚았던 때를 기억하고 있었다. 고기들은 언제나 수놈이 암놈 먼저 먹게 하는 법인데, 그날도 예외는 아니었다. 먼저 미끼를 먹던 암놈이 낚시에 걸려 필사적인 투쟁 끝에 기진맥진해 버렸다. 수놈은 낚싯줄을 가로 넘기도 하고 수면을 맴돌면서 줄곧 암놈 옆에 붙어 있었다. 수컷이 너무나 바싹 따라붙는 통에 노인은 조마조마했었다. 낫처럼 날카롭고, 크기나 모양 또한 낫처럼 생긴 수컷의 꼬리 때문에 혹시 낚싯줄이 끊기지나 않을까 염려했던 것이다. 노인이 암컷을 갈고리로 끌어 올려서 몽둥이로 후려갈기고, 오돌토돌하고 뾰족한 주둥이를 붙들고 뒤통수를 마구 후려갈길 때도, 소년이 배 위로 암놈을 끌어 올리는 것을 도울 때까지도 수놈은 뱃전을 떠나지 않았었다. 노인이 낚싯줄을 정리하고 작살을 준비할 동안에는 수놈이 암놈이 어디 있나 확인이라도 하려는 듯 공중으로 높이 뛰어오르더니 연자줏빛의 가슴지느러미를 활짝 펴고 줄무늬를 내보이면서 물속 깊이 잠겨 들어갔다. 참 멋진 놈이었어, 그렇게도 떠나지 않고 머물러 있다니, 하면서 노인은 당시의 정경을 떠올렸다.

고기잡이를 하면서 그때처럼 슬픈 적은 없었지. 소년도 가엾게 여겼고. 그때 둘이서 그 고기에게 용서를 구한 다음 칼질을 했었는데.

"그 애가 지금 여기 있다면 얼마나 좋을까?"

노인은 습관처럼 중얼거리며 뱃머리의 둥그스름한 널빤지에다 몸을 기대었다. 그때 어깨에 메고 있던 낚싯줄에서 고기의 거센 힘이 느껴졌다. 고기는 스스로 선택한 방향을 향해 꾸준히 달리고 있었다.

너도 일단 내게 걸려든 이상 무슨 짓이든 선택해야 했을 거야, 하고 노인은 생각했다.

이런 경우, 대부분의 고기는 올가미나 함정, 배신이 미치지 못하는, 먼바다로 가서 깊고 어두운 바닷속에 잠겨 있으려고 했다. 하지만 나는 세상 사람들이 미치지 않는 그곳까지 가서 그를 기어이 찾아내자는 것이었다. 그렇게 먼 곳에서 이제 저 고기와 내가 만난 것이다. 정오부터 우리는 같이 지냈다. 그리고 지금 아무도 저나 나를 도와줄 이는 없다.

어쩌면 난 어부가 되지 말았어야 했는지도 몰라, 노인은 그런 생각을 했다. 하지만 어부는 내 천직이야. 그러니 날이 밝으면 잊지 말고 다랑어를 먹어야 한다.

동이 트기 전, 무엇인가 뒤쪽에 있는 낚시에 걸렸다. 낚싯줄에 맨 막대가 튀는 소리가 들리더니 줄이 뱃전 너머로 마구 풀려 나가기 시작했다. 어둠 속에서도 노인은 선원용 나이프를 빼어 들고는 큰 고기의 중량을 왼편 어깨로 버티어 내면서 뱃전에 댄 낚싯줄을 끊어 버렸다. 어둠 속에서 더듬더듬 예비 사리의 풀어진 끄트머리를 이어 단단히 비끄러매었다. 그는 한 손으로도 솜씨 있게 일을 끝낼 수 있었다. 매듭을 맬 때는 한쪽 발을 사이에다 대고 눌렀다. 이제 노인은 여섯 개의 예비 낚싯줄 사리를 가진 셈이 되었다. 막 잘라 낸 데서 두 개가 생겼고, 둘은 고기가 미끼를 따 먹어 버린 데서 거두어들인 것이었다.

날이 밝으면 40길짜리 줄이 있는 곳으로 가서 그것도 끊어 예비 사리에 이어 놓아야지, 하고 노인은 생각했다. 자칫하면 200길짜리 질 좋은 카탈로니아산 낚시와 목줄을 잃고 말겠구나. 하지만 언제든지 새로 구할 수 있어. 내가 다른 고기를 낚느라고 이 녀석을 놓쳐 버린다면 무슨 소용이 있겠느냔 말이야. 지금 막 미끼를 따 먹은 고기는 마알린 아니면 황새치나 상어겠지. 줄을 잘라 내기에 바빠서 미처 어떤 놈인지 느껴 보지도 못했네.

"그 애가 있었으면 오죽이나 좋아."

노인은 소리 내어 말했다.

그러나 아무리 그래도 지금 그 아이는 여기에 없지 않은가, 하고 노인은 생각했다. 나 혼자뿐이다. 그러니 이제 어둡거나 말거나 마지막 낚싯줄이 있는 데로 가서 그 줄마저 끊어 버리고 두 개의 예비 사리를 마저 만들어 두는 게 상책이었다.

노인은 주저 없이 그렇게 했다. 어두운 곳에서 그런 일을 하기란 결코 쉽지는 않았는데, 고기까지 요동을 쳐서 얼굴을 처박고 넘어져 그만 눈 아래가 찢기고 말았다. 피가 볼을 타고 흘러내리다가 턱에 닿기 전에 말라붙었다. 그는 다시 뱃머리 쪽으로 돌아가서 뱃전에 기대 쉬었다. 자루를 잘 조정해 지금까지 걸치고 있던 어깨 부위에서 다른 쪽으로 낚싯줄을 옮겨 멨다. 고기가 끌어당기는 힘을 조심스레 감지해 보며 손을 물에 담가서 배의 속력을 알아보기도 했다.

무엇 때문에 고기가 갑자기 요동을 쳤을까, 노인은 생각해 보았다. 낚싯줄이 그 커다란 등 위를 스쳤던 게 분명해. 하지만 아무리 그래도 지금 내 등만큼 아프지는 않을걸. 제 놈이 아무리 크다고 해도 영원히 이 배를 끌고 갈 수는 없겠지. 거치적거릴 물건도 다 치워 놓았고, 낚싯줄도 넉넉히 준비해 두었으니 이제 할 수 있는 일은 다 한 셈이었다.

"고기야. 죽을 때까지 너하고 같이 있으마."

물론 저도 나하고 같이 있겠지, 하고 생각하면서 노인은 어서 날이 밝기를 기다렸다. 해가 뜨기 전이라 몹시 추웠던 것이다. 노인은 몸을 녹여 보려고 뱃전 여기저기에 대고 몸을 문질렀다. 녀석이 버틸 때까지는 나도 버틸 수 있어, 하고 노인은 생각했다.

날이 훤히 밝아 오자 갑자기 낚싯줄이 팽팽히 당겨지더니 물속으로 풀려 내려갔다. 배는 계속 끌려가고 있는 중이었다. 해가 노인의 오른쪽 어깨 쪽 수평선 위로 머리를 내밀었다.

"녀석, 북쪽으로 가고 있구나."

노인은 중얼거리며 조류 때문에 배가 동쪽으로 자꾸 밀릴 것이라고 생각했다. 만약 고기가 조류를 따라 돌아선다면 그건 바로 고기가 지쳤다는 뜻

이리라.

그러나 해가 한층 높이 솟아오를 때까지도 노인은 고기가 지치지 않았다는 것을 눈치챘다. 다만 한 가지 좋은 징조가 있었다. 낚싯줄의 경사로 보아 고기가 조금 전보다는 얕은 곳에서 헤엄치고 있음을 알 수 있었다. 그렇다고 놈이 뛰어오르리라는 보장은 없었지만, 최소한 가망은 있었다.

"제발 좀 뛰어올라 다오. 네 녀석을 다룰 줄은 충분히 있으니까."

내가 만일 조금만 더 줄을 팽팽히 당기면 놈은 아파서 금방 뛰어오르겠지. 이제 날도 밝았으니 녀석을 물 위로 뛰어오르게 해야겠다. 그러면 등뼈에 붙은 주머니에 공기가 차서 더 이상 깊은 데로 내려가 죽지 못할 거야, 하고 노인은 생각했다.

그는 낚싯줄을 좀 더 당겨 보려고 애썼으나 물고기를 처음 낚았을 때부터 낚싯줄은 줄곧 팽팽한 상태였기 때문에 조금만 당기면 곧바로 끊어질 듯했다. 홱 잡아당겨서는 안 돼. 낚시에 찢긴 상처가 넓어져서 갑자기 녀석이 뛰어올라 바늘이 빠질지도 몰라. 여하튼 해가 뜨니까 기분이 한결 나아지는 것 같다. 이번에는 해를 똑바로 쳐다보지 않도록 자리 잡아야지, 하고 노인은 생각했다.

낚싯줄에는 누런 해초가 달라붙어 있었다. 노인은 고기가 그것까지 끌려면 더 힘들 거라고 생각하자 기분이 좋아졌다. 그것은 밤에 인광을 내던 모자반류의 누런 해초였다.

"고기야, 난 네가 좋다. 또 너를 대단히 존경하게 되었다. 그렇지만 오늘 해지기 전에 너는 내 손에 반드시 죽을 거야."

아니 그렇게 되기를 바란다는 거지, 하고 노인은 생각했다.

북쪽 하늘에서 작은 새 한 마리가 배를 향해 날아왔다. 휘파람새였다. 새는 해면 위를 얕게 날고 있었는데, 노인이 보기에 무척 지쳐 있었다. 잠시 후 새는 배의 뒷부분으로 날아와 앉았다. 그러다 노인의 주변을 빙빙 돌더니 조금 안심이 되었는지 좀 더 편한 낚싯줄 위에 앉았다.

"넌 몇 살이지? 이번이 첫 여행이냐?"

노인이 말을 걸자 새가 그를 물끄러미 쳐다보았다. 그러나 새는 너무 지쳐서 낚싯줄을 미처 살펴보지도 못한 채 가냘픈 발로 줄을 움켜쥐고는 고기가 움직이는 힘에 의해 위아래로 기우뚱거렸다.

"줄은 튼튼하단다. 아주 튼튼하지. 간밤에는 바람도 별로 없었는데 어쩌다 그렇게 지친 거니. 새들은 왜 이런 곳에 오는 걸까?"

조금 있으면 매가 날아와 저것들을 맞이하겠지, 하고 노인은 생각했다. 그러나 그 말을 새한테는 하지 않았다. 해 봐야 알아듣지도 못할 테고, 또 얼마 안 있어 그 새도 주변에 매가 있음을 알게 될 것이다.

"푹 쉬어라, 작은 새야. 그리고 어디든 열심히 날아가서 되든 안 되든 모험을 한번 해 보렴."

밤새 낚싯줄을 메고 있던 등이 뻣뻣해져서 이제는 정말이지 너무 아팠기 때문에 노인은 자꾸 말을 하게 되었다.

"너만 좋거든 아예 여기서 같이 지내도 좋아, 새야. 미풍이 일기 시작했는데도 돛을 감아올려서 너를 육지까지 실어 줄 수 없으니 미안하구나. 그러나 너는 내 친구야."

바로 그때 고기가 요동을 치는 바람에 노인은 그만 뱃머리 쪽으로 고꾸라졌다. 노인이 반사적으로 발로 버티면서 줄을 놓아 주지 않았더라면 물속으로 끌려 들어갈 뻔했다.

낚싯줄이 확 당겨질 때 이미 새는 날아가 버렸다. 노인은 오른손으로 줄을 만지다가 손에서 피가 흐르는 것을 보았다.

"뭔지 모르지만 저 고기를 아프게 했군그래."

노인은 중얼거리다 말고 고기의 방향을 돌릴 수 있는지 알아보기 위해 살짝 줄을 당겨 보았다. 줄이 끊어질 지경으로 팽팽해졌지만 노인은 줄을 꼭 쥔 채 뒤로 몸을 버티어 보았다.

"너도 이젠 내가 끄는 것을 느끼는구나. 그런데 사실은 나도 마찬가지야."

새가 같이 있어 주었으면 하는 생각이 간절했다. 하지만 새는 이미 멀리 날아가 버리고 없었다. 얼마 쉬지도 못하고 가 버렸구나, 하고 노인은 생각했다. 그러나 해변까지 가는 길에는 그보다 더 어려운 일도 있을 거야. 그나저나 고기가 이 정도로 한번 잡아당겼다고 해서 내가 이렇게 다치다니, 도대체 어떻게 된 거지? 나도 점점 멍청해지고 있는 모양이군. 아니면 아까 그 작은 새를 쳐다보다 정신을 놓고 있었든지. 이젠 고기 일에나 정신을 쏟고, 더 힘이 빠지기 전에 다랑어를 먹어 둬야겠다.

"그 애가 여기 있었다면 정말 좋으련만, 그리고 소금도 좀 있었으면 얼마나 좋을까."

노인은 낚싯줄을 왼쪽 어깨로 옮긴 뒤, 무릎을 꿇고 조심조심 바닷물에 손을 씻었다. 한동안 손을 물에 담그고 있자 피가 길게 꼬리를 끌며 사라지는 것이 보였다. 배는 계속해서 나아가고 있었고, 그때마다 손에 바닷물이 찰싹찰싹 닿았다.

"녀석, 아주 느려졌구나."

노인은 좀 더 오랫동안 바닷물에 손을 담그고 싶었지만 고기가 또 갑자기 요동을 칠까 봐 두려워 일어났다. 그리고 몸을 똑바로 펴서 버티면서 햇볕에 손을 쳐들었다. 줄이 스치면서 생긴 찰과상은 공교롭게도 제일 요긴

하게 손을 쓰는 부분이었다. 노인은 일을 시작하기도 전에 손을 다친 것이 언짢았다.

젖은 손을 다 말리고 나서 노인은 말했다.

"이젠 다랑어 새끼를 먹어야겠다. 갈고릿대로 끌어다가 여기 앉아서 편하게 먹어야지."

그는 무릎을 꿇고 갈고릿대로 고물 아래쪽에서 다랑어를 찾아냈다. 그리고 사리줄에 닿지 않도록 조심하면서 끌어왔다. 다시 왼편 어깨로 줄을 옮겨 메고 왼손과 팔로 몸을 버티면서 갈고릿대에서 다랑어를 빼낸 다음 갈고릿대는 도로 제자리에 갖다 두었다. 노인은 한쪽 무릎으로 고기를 누르고 뒤통수에서 꼬리까지 세로로 길게 칼집을 낸 뒤 검붉은 살점을 발라내었다. 고기가 쐐기 모양으로 잘라지자 등뼈에서 배까지 칼질을 해서 내리 잘랐다. 그것을 다시 여섯 조각으로 잘라서 뱃머리 판자 위에 펴놓은 뒤 칼은 바지에 문질러 닦았다. 뼈만 남은 다랑어의 잔해는 뱃전 너머로 던져 버렸다.

"혼자서는 한 마리를 다 못 먹을 거 같은데."

노인은 그렇게 중얼거리며 살점을 칼로 잘랐다. 낚싯줄은 여전히 팽팽했고, 왼손에는 쥐가 났다. 무거운 낚싯줄을 쥔 손이 뒤틀리고 있었다. 노인은 넌더리를 내면서 손을 내려다보았다.

"도대체 어떻게 된 놈의 손이야? 쥐가 나려면 나 보라지, 제 마음대로 매의 발톱처럼 오그라들어 보라고. 그래 봐야 아무 소용없을걸."

그는 캄캄한 물속으로 비스듬히 내려가 잠겨 있는 낚싯줄을 쳐다보았다. 지금 먹어 두어야 이 손이 펴질 것이다. 손이 잘못한 것은 아니지 않는가. 벌써 여러 시간 동안 고기와 씨름하고 있지 않은가 말이다. 그러나 계속해서 버틸 수 있으려면 지금 다랑어를 먹어 두어야 한다.

노인은 살점을 한 점 집어 입에 넣고는 천천히 씹었다. 맛이 괜찮았다.

천천히 잘 씹어서 즙까지 죄다 섭취해야 돼, 하고 노인은 생각했다. 이럴 때 라임이나 레몬, 소금만이라도 조금 있다면 더욱 맛이 나을 텐데.

"손아, 넌 좀 어떠냐?"

쥐가 올라 빳빳해진 손에다 대고 노인은 걱정스레 물었다.

"내 너를 위해 먹기 싫어도 좀 더 먹어 두마."

그는 두 쪽으로 잘라 둔 토막 중 남은 하나를 먹었다. 조심조심 씹다가 껍질을 뱉었다.

"손아, 이젠 좀 어때? 좀 더 있어야 알겠니?"

노인은 한 토막을 더 집어서 이번에는 통째로 씹었다.

"돌고래 대신 이놈을 잡게 되어 다행이야. 돌고래는 너무 달단 말이지. 이건 전혀 달지도 않고 살도 아직 단단하군그래."

역시 실질적인 생각 이외는 모든 게 다 무의미해. 소금이 조금 있으면 좋겠지만, 남은 고기가 햇볕에 썩을 것인지 마를 것인지 알 수 없으니 그다지 시장하지 않더라도 먹어 두는 편이 낫지. 물속에 있는 고기가 변함없이 잠잠하니 나도 이걸 다 먹고 만반의 준비를 갖추는 게 좋겠어, 하고 노인은 생각했다.

"손아, 네가 좀 참아 다오. 너 때문에 이걸 먹는단다."

그는 순간 물속에 있는 저 고기에게도 이것을 좀 먹였으면, 고기와 나도 형제간인 셈이니까, 하고 생각했다. 하지만 나는 그 고기를 죽여야 하고, 그러기 위해서는 힘이 필요하다. 노인은 쐐기 모양의 고깃점을 천천히 죄다 씹어 먹었다.

그는 허리를 쭉 펴고 앉아 바지에 손을 닦았다.

"자. 이제 그만 줄을 놓아도 좋아. 쥐가 가실 때까지 오른팔로만 고기를 다루겠어."

노인은 왼손으로 붙들고 있던 줄을 왼발로 밟고 몸을 젖히면서 팽팽해진 줄을 등에 기대며 무게를 버텨 내려고 애썼다.

"제발, 경련아 그만 물러가라. 고기가 무슨 짓을 하려는지 알 수가 없단 말이다."

고기는 침착하게 제대로 자신의 계획을 진행시키고 있는 것 같았다. 그런데 그 고기의 계획이란 도대체 어떤 것일까, 하고 그는 생각해 보았다. 나는 대책이 있는 건가? 고기가 엄청나게 크니 어차피 내 대책이란 건 녀석의 계획에 맞추어 임시변통으로 변경하지 않을 수 없겠지만 말이야. 놈이 물 밖으로 뛰어오르기만 하면 죽일 수가 있다. 하지만 녀석이 그냥 물속에 있겠다면 나도 녀석과 함께 계속 있을 것이다.

노인은 쥐가 난 손을 바지에 대고 문질러 손가락을 풀어 보려고 애썼다. 그러나 손은 쉽게 펴질 것 같지 않았다. 햇볕을 쬐면 좀 낫겠지, 하고 노인은 스스로를 위로했다. 방금 먹은 날다랑어가 소화되면 풀어질 거야. 손이 필요하게 되면 무슨 수를 써서라도 펴놓고 말겠다. 하지만 지금 당장 억지로 손을 펴놓고 싶지는 않았다. 밤새 낚싯줄을 풀고 또 매느라 손을 너무 부려 먹었던 것이다.

노인은 바다 저편을 바라보았다. 그리고 지금 자기가 얼마나 외로운가를 깨달았다. 그는 검푸른 바닷속 깊은 곳의 무지갯빛을 볼 수 있었고, 팽팽하게 앞으로 뻗어 나간 낚싯줄과 잔잔한 수면에 이는 파문을 볼 수 있었다. 어디선지 구름이 모여들고 있었다. 한 떼의 물오리가 하늘을 배경으로 뚜렷이 나타났다가는 흐려지고 한참 후에 또다시 나타났다. 노인은 그것을 보고 누구도 바다에서는 외롭지 않다는 것을 알게 되었다.

어떤 사람들은 조각배를 타고 육지가 보이지 않는 먼바다까지 나가는 것이 두렵다고 했다. 하긴 갑작스러운 악천후가 겹치는 계절에는 그럴 수도 있었다. 하지만 지금은 태풍이 부는 계절이고, 바로 그 태풍만 불지 않는다면 일 년 중 가장 좋은 계절이었다.

바다에 나가 있으면 태풍이 오기 전 며칠 앞서 하늘에 그 조짐이 나타나기 마련이었다. 다만 육지에서는 사람들이 무엇을 봐야 하는지 모르고, 육지가 구름의 모양을 바꾸어 놓기 때문에 그 조짐을 그냥 흘려보내는 것이라고 노인은 생각했다. 그러나 지금은 바다 위에서 본 구름의 모양으로 보아 태풍이 올 것 같지는 않았다.

하늘을 올려다보니 하얀 뭉게구름이 아이스크림 기둥처럼 쌓였고, 드높은 9월 하늘에 엷은 깃털 같은 새털구름이 높이 떠 있었다.

"가벼운 미풍이군. 고기야. 오늘은 너보다는 나한테 유리한 날씨로구나."

왼손은 아직 오그라들어 있었으나 차츰차츰 쥐가 풀리고 있었다.

쥐가 나는 건 아주 질색이야, 하고 그는 생각했다. 그것은 자기의 몸이 자기 자신에게 하는 배신 행위라고. 프토마인(식중독의 원인이 되는 유독성 물질) 중독으로 남 앞에서 설사를 한다든지, 구토를 하는 것도 창피한 노릇이지만, 이놈의 쥐는—노인은 쥐를 '깔람브레(calambre)'라는 에스파냐 어로 떠올렸다—혼자 있을 때에도 스스로에게 창피한 노릇이거든.

만일 소년이 지금 여기 있었더라면 팔을 주물러 근육을 풀어 주었을 텐데, 하고 노인은 생각했다. 결국 풀리긴 풀리겠지.

그때 노인은 낚싯줄을 당기는 힘이 달라지는 것을 느꼈고, 물속에 잠겨 있던 낚싯줄의 각도가 기울어지는 것을 보았다. 줄을 등에 대고 버티면서 보니 낚싯줄이 천천히 위로 올라오고 있었다.

"드디어 녀석이 올라오는군. 어서 가까이 오너라. 제발 가까이 와."

낚싯줄은 천천히, 그리고 꾸준히 올라왔다. 그리고 어느 순간 갑자기 배의 앞쪽 수면이 불쑥 솟구치면서 고기가 모습을 드러냈다. 햇빛을 받아 고기는 번쩍거리고 있었다. 머리와 등은 짙은 자줏빛이었고 옆구리의 줄무늬는 연한 자줏빛이었다. 부리는 야구 방망이처럼 길었고, 끝이 쌍날칼처럼 뾰족했다. 놈은 잠깐 물 밖으로 전신을 드러내 보이더니 잠수부처럼 유유히 다시 물속으로 들어가 버렸다. 노인은 고기의 낫날 같은 꼬리가 물속으로 들어가면서 줄이 재빨리 풀려 나가는 것을 보았다.

"이 조각배보다 적어도 2피트는 더 길겠군."

줄이 풀려 나가는 속도가 빠르기는 하지만 일정한 것으로 보아 고기가 당황하고 있는 것 같지는 않았다. 노인은 두 손으로 줄이 끊어지지 않을 정도로만 당기고 있었다. 일정하게 당겨서 고기의 속력을 늦추어 놓지 않으면 있는 대로 줄을 끌고 가서 마침내 끊어 버릴지도 모를 일이었다.

굉장한 고기인 만큼 이쪽도 만만하지만은 않다는 것을 납득시켜야 한다고 노인은 생각했다. 제 힘이 엄청나다는 것을 알게 해서는 안 되며, 도망치도록 두어서도 안 될 일이었다. 다행히 고기들은 저희를 죽이는 인간처럼 영리하지 못하다. 인간보다 더 기품이 있고 유능하기는 하지만 말이야.

노인은 큰 고기를 본 적이 많았다. 1,000파운드 이상 나가는 고기도 많이 보았고 그런 고기를 두 마리 잡아 본 적도 있었다. 물론 그때는 혼자가 아니었다. 그런데 지금 노인은 뭍이 보이지 않는 이 먼바다까지 나와 혼자서, 평생에 처음 보는 큰 고기를, 이제껏 말로 들어온 것보다 훨씬 더 엄청나게 큰 고기와 대결하고 있는 것이었다. 아직도 왼손은 매의 발톱처럼 오그라들어 있으면서 말이다.

이제 곧 풀리겠지, 하고 그는 생각했다. 왼손의 쥐가 풀려서 오른손을 거들 수 있을 거야. 고기와 내 왼손과 오른손, 이 세 가지가 모두 형제간이니 틀림없을 거야. 쥐가 나다니, 못난이같이. 고기는 다시 속력을 늦추어 유유히 움직이고 있었다.

그런데 아까는 어째서 녀석이 뛰어올랐는지 모르겠단 말이야, 하고 노인은 생각했다. 마치 제가 얼마나 큰지 한번 보라는 듯 뛰어올랐던 것이다. 이제 너란 놈을 알 것 같다, 하고 노인은 생각했다. 그리고 나도 내가 어떤 사람인지 너에게 알리고 싶구나. 그렇게 되면 너는 내 쥐난 손을 보게 되겠지. 그렇게 되면 큰일인데. 어떻게 해서든 더 강한 인간으로 보여야겠다. 반드시 그렇게 되고말고. 의지와 지혜밖에 없는 나에게 맞서는 저 고기가 부럽구나.

노인은 가능하면 편한 자세로 뱃전에 몸을 기대 고통을 견디려고 애썼다. 고기는 꾸준히 움직이고 있었고, 배는 어두운 물을 헤치며 천천히 나아갔다. 샛바람이 불어 파도가 일었고, 한낮이 될 무렵 노인의 왼손에 났던 쥐도 풀렸다.

"고기야, 너에게는 반갑지 않은 소식이다."

노인은 어깨를 덮고 있던 자루를 매만져 낚싯줄을 옮겨 놓으며 말했다.

조금 편안한 자세가 되기는 했으나 그래도 고통은 여전했다.

"나는 독실한 신자는 아니지만 이 고기를 잡게만 해 준다면 주기도문 열 번, 성모송 열 번을 외우겠고, '코브르'로 순례도 가겠어. 맹세해."

그는 기계적으로 기도문을 외우기 시작했다. 이따금 너무나 피곤해서 기도문을 기억할 수가 없을 지경이 되곤 했지만, 다시 재빨리 외워 보면 자동적으로 뒤의 구절이 떠오르곤 했다. 그가 생각하기에는 성모송이 주기도문보다 더 쉬웠다.

"은총이 가득하신 마리아님이여, 기뻐하소서. 주께서 함께 계시니 여인 중에 복되시며, 태중의 아들 예수님 또한 복되시도다. 천주의 성모 마리아님이여, 이제와 저희 죽을 때에 우리 죄인을 위하여 빌어 주소서. 아멘."

노인은 한마디를 덧붙였다.

"복되신 마리아님이여, 마지막으로 이 고기의 죽음을 위하여 기도해 주십시오. 훌륭한 고기이긴 합니다만."

기도를 마치고 나니 한결 기분이 나아졌지만 고통스러운 건 마찬가지였다. 전보다 더 심해진 것도 같았다. 노인은 뱃머리의 판자에 몸을 기댄 채 왼손 손가락을 기계처럼 자꾸 움직여 보았다. 미풍이 가볍게 일고 있었으나 햇볕이 제법 따가웠다.

"작은 줄에 미끼를 새로 달아서 고물 쪽으로 드리워 두는 것이 좋겠는데. 만일 녀석이 이대로 하룻밤을 더 버틸 작정이라면 나도 뭐든지 좀 더 먹어야 하겠는데, 병 속의 물이 거의 떨어질 지경이 되었으니. 이 근처에서는 돌고래밖에 잡힐 것 같지가 않은데. 오늘 밤엔 날치라도 배 위로 날아들었으면 좋겠지만, 날치를 끌어들일 만한 불이 있어야 말이지. 날치는 날로 먹어도 맛이 좋고, 칼질을 할 필요도 없을 텐데. 이젠 나는 최대한 힘을 아껴야겠어. 놈이 이렇게 클 줄은 정말 몰랐단 말이야. 그래도 저 고기는 내 손에 죽게 될 거야. 그의 모든 위대함과 영광이 절정에 이르렀을 때 죽게 될 테지."

노인은 생명을 죽이는 것이 옳은 일은 아니더라도, 인간이 할 수 있는 일이 어떤 것인지, 그리고 인간이 얼마나 역경에 잘 견뎌 낼 수 있는지를 고기에게 보여 주고 말겠다고 생각했다.

"나는 그동안 스스로 나를 이상한 노인이라고 소년에게 말했었지. 지금이 바로 그 말을 증명할 때야."

그런 증명이야 이미 이전에 수천 번 넘게 했지만 지금은 다 무의미한 것 같았다. 노인은 지금 그것을 새롭게 증명해 보려는 것이었다. 기회는 늘 처음처럼 새롭게 왔고, 그럴 때마다 노인은 과거의 일 같은 것은 생각하지 않았었다.

녀석이 잠들고, 나도 잠이 들어서 사자 꿈이나 꾸었으면 좋겠는데. 그런데 어째서 나한테 사자가 중요한 존재로 남은 거지? 늙은이, 아무 생각도 하지 말라구, 하고 그는 속으로 중얼거렸다.

자, 뱃전에 기대어 쉬자. 그리고 아무 생각도 하지 말자. 저 녀석은 계속해서 움직이고 있단 말이다. 그러나 나는 될수록 움직이지 말고 기다려야 한다.

오후로 접어들었다. 배는 아직도 천천히, 꾸준히 움직이고 있었다. 동쪽에서 불어오는 미풍에 밀려 배는 파도 위를 헤치고 나아갔다. 등을 짓누르던 밧줄이 부드러워져 한결 견딜 만해지고 있었다.

오후에 낚싯줄이 한 번 더 올라왔다. 그러나 고기는 약간 높은 수면 위로 올라와 계속해서 물속을 헤쳐 나아갈 뿐이었다. 햇볕이 노인의 왼팔과 어깨 위에 앉아 있다가 이제는 동쪽으로 옮겨 가는 것을 보고 노인은 고기가 북동쪽으로 방향을 돌렸다는 것을 알았다.

노인은 고기가 물속에서 그 멋진 자줏빛 가슴지느러미를 날개처럼 활짝 펴서 크고 꼿꼿한 꼬리로 어두운 물속을 가르며 나아가는 모양을 그려 보았다. 녀석의 눈이 정말로 크더군. 말은 그보다 훨씬 작은 눈으로도 어둠 속에서 무엇이든 볼 수 있지. 나도 전에는 밤눈이 꽤 밝았어. 아주 캄캄한 데가 아니라면 고양이만큼은 볼 수 있었지.

해도 나고 손가락도 꾸준히 움직인 탓에 왼손의 쥐는 완전히 풀렸다. 그래서 노인은 힘을 왼손에 옮겨 놓기 시작했다. 등 근육을 조금씩 움직여 줄이 살을 파고든 곳을 피해 옆자리로 옮겨 놓았다.

"고기야, 만약 네가 지치지 않았다면. 너도 나만큼이나 이상한 놈인 게야."

노인은 이제 지칠 대로 지쳐 있었다. 곧 밤이 될 것 같아 노인은 다른 일이나 생각해 보려고 했다. 그는 야구 리그를 떠올렸다. 노인은 그것을 에스파냐 어로 '그란 리거스'라고 말하는 편이 더 실감이 나서 좋았다. 노인은 뉴욕의 양키즈 팀과 디트로이트의 타이거즈 팀이 시합 중인 것을 알고 있었다.

오늘이 벌써 이틀째인데, 아직 시합의 결과도 모르고 있다니. 그러나 내 일에 신념을 가져야지. 발뒤꿈치 뼈가 아픈 가운데에서도 끝까지 시합을 해내는 위대한 '디마지오'에게 부끄럽지 않도록 말이다. 발뒤꿈치 뼈의 타박상이란 것은 어떤 병일까? 우리는 그런 병은 안 걸리는데, 그건 싸움닭의 박차를 사람 발뒤꿈치에 박은 것만큼 아픈 것일까? 나는 싸움닭처럼 쇠 발톱을 다는 아픔을 견딘다거나, 한쪽 또는 양 눈이 빠지고도 계속해서 싸울 수는 없을 것이다. 인간은 훌륭한 새나 짐승과 비교할 바가 못 된다. 그래서 나는 지금도 저 컴컴한 바닷속에 있는 고기가 되고 싶다.

"상어만 나타나지 않는다면. 상어가 오면 이제 너나 나나 볼장 다 본다."

노인은 큰 소리로 말했다.

'디마지오'라면 내가 지금 이 녀석과 겨루고 있는 것만큼이나 오랫동안 저 고기와 싸울 수 있을까, 하고 그는 생각했다. 물론 그럴 거야. 그는 젊고 힘이 있으니까. 그리고 그의 아버지도 한때는 어부였다고 하니. 그런데 뼈타박상이란 것이 그렇게도 아픈 병일까?

"모르겠다. 나는 아직까지 뼈가 아파 본 적이 없으니까."

해가 지자 노인은 자기 자신에게 좀 더 자신감을 불어넣으려고 카사블랑카에 있는 술집에서 사이안피고 출신의 흑인 장사와 팔씨름하던 일을 상기했다. 그때 그들은 테이블에 분필로 줄을 긋고 그 위치에 팔꿈치를 올려놓은 채 팔을 꼿꼿이 세웠다. 그리고 서로 손을 움켜잡고 하루 낮, 하룻밤 동안 서로 상대방의 손을 테이블 위에 넘어뜨리려고 애썼다. 돈을 거는 사람이 많아 석유 등잔 불빛 아래서 사람들이 웅성거리며 들락날락거렸다. 그는 그 흑인의 팔과 손, 얼굴을 똑바로 바라보았다. 처음 여덟 시간이 지나자, 심판이 잠을 잘 수 있도록 네 시간마다 심판을 바꿨다. 두 사람의 손톱 밑에서 피까지 나왔지만 서로 상대방의 눈과 손, 팔만 쳐다보면서 꼼짝 안 했고, 돈을 건 사람들이 초조한 심정으로 방을 들락거리며 높다란 의자를 벽에 기대어 놓고 거기에 앉아 시합을 지켜보았다. 판자벽은 하늘색으로 칠해져 있었고, 그 벽 위에 두 사람의 그림자가 비치고 있었다. 흑인의 그림자는 엄청나게 커서 미풍이 불어 등불이 흔들릴 때마다 벽의 그림자도 나란히 흔들렸다.

밤새도록 승부는 결정이 나지 않았다. 사람들은 흑인에게 럼주를 먹이고 담배를 물려 주었다. 술을 마신 다음 흑인은 사력을 다해 안간힘을 쓰더니, 마침내 노인을—아니 그때는 노인이 아니라—산티아고 선수의 손을 거의 3인치 가량 눕혔다. 그러나 그도 죽을힘을 다하여 다시 손을 세웠다. 그때 노인은 잘생기고 훌륭한 체력을 가진 이 흑인을 이길 수 있다는 자신감이 생겼다. 새벽이 되자 돈을 건 사람들이 무승부 판결을 원했지만 심판이 이를 거부하며 고개를 가로저었다. 그때부터 그는 힘을 쓰기 시작해 흑인의 손을 점점 아래로 꺾어 내렸고 마침내 그 손이 테이블에 닿게 만들었다.

결국 시합은 일요일 아침에 시작해서 월요일 아침에 끝이 났다. 그때 대부분 돈을 건 사람들은 부두에 나가서 설탕 부대를 지거나, 아바나 석탄 회사에 나가 일을 해야 했기 때문에 무승부 선언을 청했던 것이다. 그렇지만 않았다면 다들 시합이 끝까지 가기를 원했을 것이다. 여하튼 노인은 그때 그 사람들이 일하러 가야 할 시간이 되기 전에 시합을 끝냈다. 그 일이 있은 후 오랫동안 사람들은 그를 챔피언이라 불렀고 봄에는 설욕전까지 벌어졌다. 그러나 사람들은 시합에 돈을 많이 걸지 않았고, 첫 시합에서 사이안피고에서 온 흑인을 꺾어 놓았기 때문에 누구든 쉽게 노인을 이길 수가 없었다. 그 후 그는 몇 차례 더 시합을 하고 다시는 시합을 하지 않았다. 원하기만 하면 누구든 이길 수 있었지만 이런 시합이 고기잡이를 해야 하는 오른손에는 해롭다는 것을 알게 되었기 때문이다. 왼손으로 몇 번 시합을 해 본 적도 있다. 그러나 그때마다 왼손은 그를 배신해 요구한 대로 움직여 주지 않았으므로 노인은 자신의 왼손을 믿지 않았다.

따뜻한 햇볕을 쬐면 손이 좀 나아지겠지. 밤에 추워지지만 않는다면 쥐가 다시 나지는 않을 거야. 노인은 오늘 밤엔 또 어떤 일이 생기려나 생각했다.

비행기 한 대가 노인의 머리 위를 지나 마이애미 쪽으로 날아갔다. 그 그림자에 놀라 한 무리의 날치 떼가 뛰어올랐다.

"날치가 저렇게 많은 걸 보니 틀림없이 돌고래가 있겠어."

그는 고기를 조금이라도 당길 수 있을까 싶어서 다시 한 번 낚싯줄을 잡아당겨 보았다. 그러나 끊어질 듯 팽팽해진 줄은 부르르 떨면서 물방울을

튕길 뿐 꿈쩍도 하지 않았다.

배가 느린 속도로 전진하고 있는 가운데 노인은 비행기가 보이지 않을 때까지 하늘을 올려다보았다. 비행기를 타고 있으면 기분이 이상할 거야, 하고 노인은 생각했다. 저렇게 높은 곳에서는 바다가 어떻게 보일까? 너무 높이 날지만 않는다면 고기도 잘 볼 수 있을 거야. 나도 비행기를 타고 200길 정도의 고도로 천천히 날면서 고기들을 보았으면 좋겠다. 거북잡이 배에서 돛대 꼭대기의 가름대에 올라가 보기도 했었는데, 그만한 높이에서도 보이는 것이 썩 많았었지. 돌고래는 진한 녹색으로 보였고 줄무늬며 자줏빛 반점, 고기 떼가 헤엄쳐 나가는 것도 죄다 볼 수 있었어. 어째서 깊은 물속에 사는 물고기들은 자줏빛 등에다 대개는 자줏빛 줄무늬나 반점을 가지고 있을까? 돌고래는 사실 황금빛이기 때문에 노란색으로 보이지만 정말 배가 고파서 먹이를 먹을 때는 마치 마알린처럼 배에 자줏빛 줄무늬가 나타나거든. 고기가 화가 나서 그런 걸까, 아니면 한껏 속력을 내서 달리기 때문일까?

날이 어두워지기 직전이었다. 조그만 섬처럼 큰 모자반류의 해초가 해면 가까이 떠올라 흔들리고 있었다. 그 모습이 누런 담요 아래에서 마치 바다와 누군가가 사랑을 주고받는 듯한 느낌이었다. 막 그 지점을 지날 때 작은 낚싯줄에 돌고래 한 마리가 물렸다. 처음 그놈을 본 것은, 그 돌고래가 공중으로 뛰어오르면서 마지막 햇빛에 금빛으로 빛나던 모습이었다. 놈은 공중에서 사납게 몸을 푸드덕거렸다. 겁에 질린 돌고래는 곡예비행을 하는 것처럼 이리저리 날뛰었다. 노인은 고물 쪽으로 조심조심 옮겨 가서 몸을 웅크리고는 오른손과 팔로 큰 줄을 잡고, 왼손으로는 돌고래를 끌어당겼다. 끌어들인 줄을 왼쪽 발로 밟아 가며 줄을 당겼다. 고물 가까이까지 끌려오자 돌고래는 거의 절망적으로 뛰어오르면서 날뛰었다. 노인은 고물 너머로 몸을 내밀어 자줏빛 반점이 어린 금빛 고기를 들어서 그대로 배에 던져 넣었다. 낚시를 성급히 물어뜯느라, 턱이 발작적으로 움직였다. 길고 넓적한 몸뚱이와 꼬리가 뱃바닥을 세차게 쳐 댔다. 노인은 그 번쩍이는 금빛 머리를 향해 몽둥이를 내리쳤다. 돌고래는 잠시 몸을 떨더니 이내 잠잠해졌다.

노인은 돌고래로부터 낚시를 빼낸 뒤 그 줄에 다시 정어리를 매달아서 물에 던지고 뱃머리 쪽으로 돌아갔다. 왼손을 씻어 바지에다 닦은 다음 무거운 낚싯줄을 왼손에 옮기고 오른손을 바닷물에 씻었다. 그 사이 해가 수평선 너머로 잠기는 모습과 굵은 낚싯줄이 비스듬히 기울어져 있는 것을 바라보았다.

"저 아래에 있는 고기는 조금도 달라지지 않았구나."하고 노인은 중얼거렸다. 그러나 손에 와 닿는 물결을 보니, 속도가 눈에 띄게 느려졌다는 걸 알 수 있었다.

"고물에 노 두 개를 가로질러 묶어 놓으면 밤새 지쳐서 속력이 더 느려지겠지. 하지만 녀석은 오늘 밤도 끄떡없을 거야. 물론 나도 그래."

조금 더 있다가 돌고래의 내장을 빼야겠다, 살 속에 피를 간직해서 싱싱하게 말이야. 그런 다음에 돌고래에 칼질도 하고, 노도 묶어 두자. 지금은 그냥 조용히 내버려 두는 게 좋을 거야. 해 질 녘엔 고기를 다루기가 어려운 법이니까.

노인은 바람에 손을 말린 후 다시 줄을 잡고는, 될 수 있는 대로 몸을 편한 자세로 하려고 애썼다. 그는 뱃전에 몸을 기대 뱃머리 쪽으로 젖혀서 그냥 낚싯줄을 잡고 앉아 있는 것보다는 배가 앞으로 나아가기 힘들도록, 즉 고기가 끌기 힘들도록 자세를 고쳐 앉았다.

이렇게 해서 새로운 걸 또 하나 배우는구나. 어떤 상황이든 방법이 있게 마련이지. 그런데 저 녀석은 미끼를 물었을 때부터 아무것도 먹지 못하고 있지 않나. 덩치가 크니까 먹는 양도 많아야 할 텐데. 나는 다랑어도 한 마리를 다 먹었고 내일은 돌고래를 먹으려고 하는데. 차라리 조금 있다가 내장을 빼낼 때 좀 먹어 둘까. 노인은 돌고래를 '도라도'라고 불렀다. 물론 다랑어보다는 먹기 힘들겠지만, 세상에 쉬운 일이 어디 있겠어.

"고기야, 좀 어때? 난 기분이 괜찮은 편이다. 왼손도 많이 나았고. 게다가 하룻밤 하루 낮 동안 먹을 것도 생겼지. 어디, 너 혼자 계속해서 배를 끌어 보려무나."

사실은 전혀 괜찮지가 않았다. 등에 메고 있는 낚싯줄 때문에 너무 고통스러웠고 인정하기는 싫었지만, 이제는 그런 고통이 아픈 정도를 지나 무감각해지고 있었다. 그러나 이보다 더 심한 경우도 있었어. 노인은 자신을 다독거렸다. 오른손에 상처가 좀 났을 뿐이지 왼손의 쥐도 다 풀렸는걸. 두 다리도 성하고, 또 식량 문제라면 내 편이 훨씬 유리하지 않은가.

날이 어두웠다. 9월에는 해가 떨어지자마자 날이 금방 어두워졌다. 노인은 뱃머리 쪽 낡은 뱃전에 기댄 채 될 수 있는 대로 편히 쉬려고 애썼다. 첫 별이 떴다. 노인은 그 별의 이름이 '리겔(오리온자리에서 둘째로 밝은 별)'성이라는 것을 몰랐지만, 그 별이 보이기 시작하면, 곧 다른 별들도 나타나 모두 자기의 친구가 되리라고 생각했다.

"물론 저 고기도 내 친구지. 저런 고기에 대해서는 내 평생 본 적도 들은 적도 없었단 말이야. 그렇지만 나는 너를 죽이지 않을 수가 없구나. 하늘의 별은 죽일 필요가 없는 게 그나마 얼마나 다행인가."

날마다 사람이 달을 죽여야 한다고 상상해 보라. 아마 달은 달아나 버릴 것이다. 또 날마다 해를 죽여야 한다고 상상해 보라. 하지만 인간이 그러지 않아도 된다는 것은 얼마나 행운인가.

그러자 노인은 며칠 동안 아무것도 먹지 못한 그 큰 고기가 불쌍해졌다. 불쌍하다는 생각이 들었다고 해서 고기를 죽이겠다는 결심이 약해진 것은 아니었다. 저 고기를 잡으면 몇 사람이나 먹을 수 있을까? 사람들이 저 고기를 먹을 자격이 있는 걸까? 없다. 물론 자격이 없어. 저렇게 침착한 태도와 당당한 위엄을 가진 고기를 먹을 자격은 누구에게도 없어.

나는 이런 어려운 일은 잘 모르겠어. 어찌되었든 우리가 해나 달, 별을 죽이지 않아도 된다는 것만은 다행스러운 일이야. 바다에 살면서, 우리의 진정한 형제를 죽이는 것만으로도 충분해.

자, 이제는 배의 속력을 늦출 방법을 좀 생각해 보자. 노를 매다는 방법은 장단점이 있어. 고기가 갑자기 힘을 쓰면서 달아나면 노가 제동을 걸어서 배가 무거워지게 되고 그럼 결국 낚싯줄이 끊겨 놓쳐 버리고 말 거야.

반대로 배가 가벼우면 녀석이 수월하게 움직일 수 있게 되니 서로 고통스러운 시간이 연장되겠지. 고기에게 아직 힘이 남아 있을 테니 그 편이 오히려 나한테는 안전할 것이다. 어떤 일이 일어나든 우선 돌고래가 상하지 않게 빨리 내장을 빼내고 살점을 좀 먹어야겠다.

한 시간쯤 더 쉬고 놈이 지치지 않고 달리고 있는 건지 살펴본 뒤 고물 쪽으로 가서 일하면서 결정을 내리자. 그동안에 고기가 어떤 반응을 보이고, 또 무슨 변화를 보일 건지 살펴봐야 해. 노를 묶어 둔 건 잘한 일이었지만 이제는 내 안전도 염두에 두어야 한다. 어쨌든 녀석이 대단하긴 해. 낚싯바늘이 꽂혀 있는 채로 입을 꽉 다물고 있겠지. 하긴 저런 큰 고기에게는 낚싯바늘의 고통 따위는 문제도 아닐 거야. 단지 굶주림의 고통과, 알지도 못하는 대상과 겨루고 있다는 사실에 온 정신을 빼앗기고 있을 거야. 늙은이, 자네도 이젠 좀 쉬자구. 다음 할 일이 생길 때까지 녀석이 마음대로 애를 쓰게 내버려 두자.

노인은 약 두 시간가량 쉬었다. 늦도록 달이 뜨지 않아서 시간을 짐작해 볼 수는 없었지만 비교적 많이 쉰 셈이었다. 하지만 정말 쉬었다고는 볼 수 없었다. 노인은 아직도 고기가 끄는 힘을 양어깨로 버티고 있었다. 그리고 이제 왼손으로 뱃머리 쪽의 뱃전을 잡고 배에 자신의 힘을 내맡겼다.

만약 이 낚싯줄을 고정시킬 수만 있다면, 일은 얼마나 간단하겠는가. 그러나 그렇게 하면 고기가 조금만 요동을 쳐도 줄이 끊어져 버릴 것이다. 내 몸으로 버텨서라도 줄이 끌려가는 것을 막아 내고, 언제든지 양손으로 줄을 풀어 놓을 준비를 하고 있어야만 해.

"하지만 자네는 아직 잠을 한 번도 자지 못했어, 늙은이. 반나절과 하룻밤을, 그리고 또 하루를 못 잤어. 그러니까 고기가 저렇게 점잖게 잠잠하게 있는 동안 조금이라도 잠잘 방도를 강구해야만 해. 잠을 안 자면 머리가 흐려질 테니 말이야."

하지만 내 머리는 아직 맑은데 뭘, 하고 그는 속으로 다시 생각했다. 너무나 맑고 명료해서 먼 곳의 친구인 별들처럼 초롱초롱했다. 그래도 잠을 자야 한다. 별도, 달도, 해까지 잠을 자지 않는가. 심지어 바다마저도 조류가 없는 조용한 날이면 이따금 잠을 자는 걸 노인은 봐 왔다. 그러니 잠자는 것을 잊어서는 안 된다고 그는 생각했다. 억지로라도 자도록 해야 할 것이다. 그리고 이 낚싯줄에 대해서는 뭐 좀 쉬우면서도 확실한 방도를 강구해 보아야 할 것만 같았다. 이젠 돌고래를 요리할 시간이다. 잠을 자려면 노를 비끄러매어 닻처럼 만들어 두는 것이 좋을 것 같았지만 위험할 수도 있었다.

"나는 안 자고도 견딜 수 있는데."

그는 혼잣말을 했다. 그러나 그것도 너무 위험한 일이기는 했다.

그는 고기가 놀라지 않도록 조심하며 양손과 무릎으로 기어 고물 쪽으로 돌아갔다. 고기도 반쯤은 자고 있는지도 몰라, 하고 그는 생각했다. 그러나 고기를 쉬게 하고 싶지는 않았다. 지쳐서 죽을 때까지 배를 끌어야 하고말고.

배의 뒷부분으로 돌아온 노인은 몸을 돌려 왼손으로 어깨에 맨 줄을 잡았다. 그리고 오른손으로 칼집에서 칼을 뽑았다. 별빛이 밝아지자 돌고래가 뚜렷이 보였다. 그는 칼날로 돌고래 머리를 찔러서 밑창에서 놈을 꺼냈다. 한쪽 발로 몸통을 밟고 항문에서 아래턱 끝까지 재빨리 배를 갈랐다. 칼을 내려놓고, 오른손으로 내장을 빼내고 난 뒤 아가미도 죄다 뜯어냈다. 위를 만져 보니 묵직하고 미끈했다. 그것을 가르자 속에서 날치가 두 마리나 나왔다. 날치는 싱싱하고 단단했다. 노인은 그것을 나란히 내려놓고, 내장과 아가미를 꺼내어 뱃전 너머로 던져 버렸다. 그것이 물 위에 인광의 꼬리를 남기며 가라앉았다. 돌고래의 몸통은 차디찼다. 그리고 이젠 별빛을 받아 문둥이처럼 희뿌연 색깔로 보였다. 노인은 오른쪽 발로 고기의 머리를 누르고 한쪽의 껍질을 벗겼다. 그리고 다시 뒤집어서 다른 쪽의 껍질을 마저 벗긴 뒤 머리에서 꼬리까지 살을 발랐다.

그는 뼈만 남은 돌고래의 잔해를 뱃전 너머로 떨어뜨리면서 물속에 소용돌이가 이는지 살펴보았다. 희미한 빛을 남기며 서서히 가라앉을 뿐이었다. 그는 몸을 돌려 저며 낸 살점 가운데다 날치 두 마리를 넣어 놓고 칼을 칼집에 꽂았다. 그리고는 천천히 뱃머리 쪽으로 되돌아왔다. 짊어진 낚싯줄의 무게 때문에 등이 한껏 구부러진 채로 오른손에 살코기를 들고 갔다.

뱃머리로 돌아온 노인은 판자 위에다 돌고래 살점 두 쪽을 내려놓고 날치도 곁에 놓았다. 그런 다음에 어깨에 메고 있던 줄을 옮기고 뱃전에 올려놓았던 왼손으로 다시금 그 줄을 잡았다. 그는 뱃전에 몸을 기댄 채 손에 와 닿는 물의 속도를 주시하면서 날치를 물에다 씻었다. 고기 껍질을 벗기느라 손에 인광이 묻었는데 거기에 닿는 물결이 확연하게 보였다. 물결은 먼저보다 더 약해졌다. 손을 널빤지에 문지르니 인광 조각들이 떨어져 나가 배 뒤로 천천히 떠내려가는 것이 보였다.

"지금은 녀석도 지쳤거나 쉬고 있겠지. 이젠 나도 돌고래를 먹은 다음 좀 쉬거나 아니면 잠을 자야겠다."

밤이었고, 날씨는 점점 추워지고 있었다. 별빛 아래서 노인은 돌고래 살점 중에서 한쪽의 반을 먹고, 내장과 머리 쪽을 떼어 버린 날치 한 마리를 마저 다 먹었다.

"돌고래는 요리를 해서 먹으면 썩 좋은 음식인데. 날로 먹으면 형편없단 말이야. 앞으로는 배를 탈 때 소금이나 라임을 꼭 가지고 타야겠어."

하지만 조금만 더 머리를 썼더라면 아까 낮에 바닷물을 뱃전에 뿌려놓고 그것을 말려서 소금을 만들 수도 있었을 것이다. 돌고래를 낚았을 때가 해질 무렵이긴 했지만 아무래도 역시 준비가 부족했던 것은 사실이었다. 하지만 생살도 잘 씹으니까 구역질은 나지 않는군, 하고 노인은 생각했다.

동쪽 하늘에 구름이 덮이는가 싶더니 이내 별들이 하나씩 사라졌다. 마치 거대한 구름의 계곡으로 빨려 들어가는 것 같았다. 바람도 멎었다.

"사나흘 후에는 날씨가 나빠지겠는걸. 오늘 밤과 내일 밤까지는 아직 괜찮아. 여보게, 늙은이. 이제 생각은 그만하고 고기가 잠잠한 동안 잠이나 좀 자 두도록 하시지."

노인은 오른손으로 줄을 단단히 잡고 몸 전체의 무게를 뱃머리의 판자에다 실으면서 허벅다리를 오른손에다 갖다 붙였다. 그러고는 낚싯줄을 어깨에서 약간 아래로 낮추고 왼손을 그 위에 얹어서 줄을 팽팽하게 졸라맸다.

이렇게 졸라매고 있는 한 오른손이 버틸 수 있을 것이라고 노인은 생각했다. 만일 자는 동안 줄이 느슨해지더라도 줄이 풀려 나가는 순간 왼손이 나를 깨울 거야. 오른손은 왼손보다 힘이 좀 더 들겠지만 고통을 이겨 내는 것에 익숙하니까 아마 괜찮겠지. 한 20분이나 30분만이라도 잠을 자면 나을 것 같았다. 그는 몸 전체의 무게를 오른손에 의지한 채 잠이 들었다.

노인은 사자 꿈은 아니었지만, 대신 8마일이나 10마일쯤 뻗어 있는 돌고래 무리를 보았다. 놈들은 한창 교미기여서 공중으로 높이 뛰어올랐다가 다시 그 자리로 뛰어들었다.

그러다 마을로 돌아와 침대에서 자는 꿈을 꾸었다. 북풍이 불어서 날씨가 무척 추웠고 베개 대신 팔을 베고 잔 탓에 오른팔이 저렸다.

그다음 꿈에는 길게 뻗은 황금빛 해안이 나타났다. 초저녁 무렵 해변에 첫 번째 사자가 내려오자 다른 사자들이 뒤따라 나타났다. 해안에서 앞바다 쪽으로 저녁 미풍이 불고 있는데, 노인은 닻을 내린 뱃머리에 턱을 괴고 더 많은 사자가 나타나기를 기다리면서 즐거워하고 있었다.

달이 뜬 지도 꽤 오래되었건만, 노인은 계속 잠을 잤다. 고기는 쉬지 않고 낚싯줄을 끌고 가고 있었고, 배는 구름의 터널 속으로 들어서고 있었다.

그때였다. 갑자기 노인의 오른쪽 주먹이 얼굴을 쳐서 노인은 눈을 떴다. 오른손이 뜨겁게 타는 것처럼 아파 왔고 줄이 풀려 나가고 있었다. 왼손에는 아무런 감각이 없었다. 오른손으로 줄을 힘껏 당겼으나 줄은 급속도로 풀려 나갔다. 그는 드디어 왼손으로 줄을 찾아서 잡아당겼다. 그러자 등과 왼손이 따갑고 얼얼해졌다. 왼손이 낚싯줄을 도맡아 끌다시피 한 까닭에 금방 심한 상처를 입고 말았던 것이다.

노인은 낚싯줄 사리를 돌아다보았다. 거침없이 풀려 나가고 있었다. 바로 그때 고기가 바다를 가르며 뛰어올랐다가 무겁게 떨어졌다. 그러더니 연달아 뛰어오르기 시작했고, 줄은 계속해서 빠르게 풀려 나갔다. 그럼에도 불구하고 배는 계속 빠른 속도로 끌려가고 있었다. 노인은 줄이 팽팽해지도록 바싹 당기고, 풀려 나가면 또 팽팽히 잡아당겼다. 그는 엉겁결에 뱃머리 근처까지 끌려가 있었으므로 돌고래 살점에 얼굴을 처박은 채 꼼짝도 할 수가 없었다.

드디어 기다리던 일이 일어났군. 그러니 이제는 모든 일을 침착하게 받아들여야지. 낚싯줄값을 치르게 해야 해. 암, 낚싯줄값을 치르게 해야 하고 말고.

노인은 고기가 뛰어오르는 것을 볼 수가 없었다. 그저 바닷물이 갈라지고 솟아올랐던 고기가 떨어질 때마다 물이 철썩 튀는 소리를 들었을 뿐이었다. 낚싯줄이 하도 빨리 풀리는 바람에 손을 심하게 베었다. 그러나 이런 일은 언제나 일어나게 마련이라고 말해 왔던 터라 낚싯줄이 미끄러져 나가거나 손가락을 베이는 일이 없도록 굳은살 박인 곳으로 줄을 쥐려고 애를 썼다.

지금 소년이 같이 있었다면 낚싯줄 사리를 적셔 주었을 텐데, 하고 그는 생각했다. 그래, 그 아이가 여기 있었으면, 그 애만 여기 있다면 얼마나 좋을까.

낚싯줄은 계속해서 풀려 나갔지만 이제는 그 속도가 점점 떨어지고 있다는 것을 느낄 수 있었다. 노인은 고기가 조금이라도 더 여유 있게 줄을 끌도록 배려하고 있었다. 이제 그는 널빤지에서 머리를 들 수 있었고, 또 볼을 처박고 있던 생선 살점에서도 얼굴을 들어 올릴 수 있었다. 그는 무릎을 세우고는 천천히 일어섰다. 조금씩 줄을 풀어 주고는 있었지만, 속도를 줄여 나갔다. 그는 낚싯줄 사리가 있는 곳으로 다가가서 캄캄해서 보이지 않는 사리를 발로 더듬어 찾았다. 낚싯줄은 아직 충분히 남아 있었다. 이제 저 고기는 새로 물속으로 풀려 나간 낚싯줄들이 물에서 받는 마찰까지 견뎌야 하는 상황에 놓였다.

옳지. 이제 저 고기가 열댓 번은 더 뛰어올라 공기주머니에 공기가 잔뜩 들어찼을 테니 내가 끌어 올리지 못할 만큼 깊이 내려가서 죽을 염려는 없어진 셈이다. 곧 녀석이 주위를 돌기 시작하면 그때 놈을 좀 다루어 봐야지. 그런데 왜 그렇게 갑자기 뛰어올랐을까? 배가 고파서 갑자기 자포자기 상태에 빠진 것일까? 아니면 죽음의 암흑 속에서 뭔가를 보고 놀란 걸까? 아마, 갑자기 무서워졌는지도 모르지. 하지만 그렇게도 침착하고 당당했던 녀석이었는데. 겁도 없고 자신만만해 보였는데, 이상한 일이다.

"이봐, 늙은이, 자네야말로 무서워 말고 자신감을 갖는 것이 좋겠어. 자네는 지금 고기를 손아귀에 넣고 있다고는 하지만, 줄을 당길 수는 없지 않은가. 그러나 곧 회전하게 될 거야."

노인은 다시 왼손과 양어깨로 줄을 붙잡았다. 그리고 엎드려 오른손으로 바닷물을 떠서 돌고래 살점이 달라붙은 얼굴을 씻어 냈다. 만약이라도 이것 때문에 구역질이 나서 토하게 되면 힘이 빠질 것 같아서 두려웠던 것이다. 얼굴을 씻고 나자 이번에는 뱃전 너머로 오른손을 물속에 담그고 씻었다. 해가 뜨기 전이었다. 노인은 먼동이 트는 것을 바라보면서 그대로 소금물에 손을 담그고 있었다. 고기가 동쪽으로 향하고 있구나, 하고 노인은 생각했다. 그것은 고기가 지쳐서 조류를 따라가고 있다는 것을 뜻했다. 곧 회전을 안 할 수 없지. 그때 가면 진짜 싸움이 시작되는 것이다. 노인은 오른손을 물속에서 꺼내 바라보았다.

"대단찮군. 사나이가 이 정도 아픈 게 뭐 그리 문젠가."

그는 새로 생긴 상처에 낚싯줄이 닿지 않게 조심하면서, 다시 줄을 고쳐 쥐고는 고기의 무게를 다른 쪽으로 옮겼다. 그러고는 왼손을 반대편 뱃전으로 내밀어 물에 담갔다.

"네가 하찮은 일로 다친 건 아니니 이만하면 잘한 거야. 하지만 네가 어디 갔는지 종종 보이지 않을 때가 있단 말이야."하고 노인은 자기의 왼손을 향해 말했다.

왜 나는 두 손 다 튼튼하게 태어나지 못했을까? 노인은 생각했다. 물론 그동안 오른손만 주로 써서 왼손을 제대로 훈련시키지 못한 내 잘못도 있겠지. 그러나 배울 기회란 얼마든지 있었던 게 아닌가. 만약 다시 한 번 쥐가 난다면 왼손이 낚싯줄에 끊겨 버리도록 놔둘 거야.

이런 생각을 하면서도 그는 자신의 머리가 맑지 않으니 돌고래 고기를 좀 더 먹어 두어야겠다는 생각을 한편으로 하고 있었다. 하지만 먹을 수가 없어. 괜히 몇 점 더 먹었다가 구토를 하느라 기운을 빼는 것보다는 머리가 좀 멍한 편이 차라리 나을 거야. 게다가 얼굴을 그 속에 처박기까지 했으니. 지금 와서 고깃점을 먹는다고 해도 토해 낼 게 틀림없어. 상할 때까지 그저 비상용으로 놓아두자, 이제 양분을 취해서 힘을 얻기에는 너무 늦었어. 이런, 내 정신도 참, 한 마리 남은 저 날치를 먹으면 될 것 아닌가. 노인은 중얼거리며 날치를 보았다.

날치는 언제든지 먹을 수 있게끔 깨끗하게 요리되어 있었다. 노인은 그것을 왼손으로 집은 뒤, 뼈를 조심스레 씹으며 꼬리까지 죄다 먹어 버렸다.

날치는 어떤 다른 고기보다도 영양이 풍부해, 적어도 나한테 필요한 힘을 얻기에는 충분하지, 하고 노인은 생각했다. 노인은 이제 자기가 할 수 있는 일은 다 했다고 생각했다. 맴돌려면 맴돌고 싸움을 걸어오려면 걸어보라고.

노인이 바다로 나온 후 세 번째 아침 해가 솟고 있었다. 그리고 그때 고기가 돌기 시작했다.

낚싯줄의 기울기만으로는 고기가 돌고 있는지 아닌지를 확실히 알 수가 없었다. 고기의 움직임이 낚싯줄을 기울게 하기에는 아직 일렀던 것이다. 노인은 고기가 낚싯줄을 끄는 힘이 약간 약해진 것을 느끼고 오른손으로 가만히 줄을 당기기 시작했다. 지금껏 그래 온 것처럼 줄은 팽팽해졌다. 그러나 금방 끊어질 듯한 정도로까지 당기자 조금씩 줄이 끌려오기 시작했다. 그는 양어깨와 머리를 줄 밑으로 뺀 뒤 꾸준히, 그리고 가만가만히 끌어당기기 시작했다. 그는 두 손을 앞뒤로 휘두르는 동작을 취하면서 몸과 두 다리를 최대한 활용하고자 했다. 그래서 될 수 있는 대로 줄을 많이 끌어당기려고 애를 썼다. 그는 자신의 늙은 다리와 어깨를 사용해 줄을 끌어당기는 축으로 삼았다.

"크게 회전을 하는군. 어쨌든 녀석이 지금 돌고 있는 것만은 확실해."

낚싯줄을 힘껏 잡고 있어야겠지. 이렇게 잡아당기고 있으면 한 바퀴 돌 때마다 거리가 점점 짧아질 게고, 아마 한 시간쯤 후에는 고기를 볼 수 있게 될 거야. 저항해 봐야 소용이 없다는 걸 알게 해서 고기를 죽여야 해.

그러나 고기는 느릿느릿 여전히 돌고 있었고, 그렇게 두 시간이 지나자 노인은 땀으로 흠뻑 젖어 격심한 피로에 시달리게 되었다. 그러나 회전하는 거리가 아까보다 훨씬 줄어들었고 낚싯줄이 비스듬하게 기울어지는 것을 보아 고기가 헤엄치면서 점점 더 수면 가까이 떠올라 오고 있다는 것을 알 수 있었다.

한 시간 전부터 노인은 눈앞에 검은 반점이 어른거리는 것을 느꼈다. 땀이 흘러들어 눈이 따가웠다. 이마에 난 상처도 자꾸 쓰라렸다. 눈앞에서 어른거리는 검은 반점 따위는 무섭지 않았다. 그가 줄을 당기느라 애를 쓸 때면 으레 나타나는 일이었다. 그러나 벌써 두 번이나 아찔한 현기증을 느낀 터여서 걱정이 되었다.

"이런 고기에게 패배해서 그냥 죽을 수는 없어. 하느님, 제발 제 육체가 견딜 수 있도록 도와주세요. 주기도문과 성모송을 백 번 외우겠습니다. 지금 당장은 못 하겠지만요."

지금은 외운 것으로 해 두자. 틀림없이 나중에 외울 테니까.

바로 그때 잡고 있던 줄이 팽팽하게 당겨졌다. 그 느낌은 날카롭고 뻐근하고 뚜렷했다.

녀석은 지금 철사로 된 목줄을 그 창날 같은 주둥이로 치고 있을 거야. 그것은 언젠가는 오고야 말 일이었다. 그리고 꼭 그렇게 되어야 할 일이었다. 그러나 그 때문에 고기가 갑자기 뛰어오를지도 모른다. 이제 저 스스로 도는 걸 계속하도록 그냥 놓아두는 것이 나을 것이다. 공기를 채우기 위해서 뛰어오를 필요도 있었겠지만, 뛰어오를 때마다 낚시에 찔린 상처가 크게 벌어져서 어느 순간에 낚시를 빼 던져 버릴 수도 있는 것이다.

"뛰지 마라, 고기야. 제발 뛰지 마라."

고기는 대여섯 번이나 더 철사를 쳤다. 그리고 고기가 머리를 흔들어 댈 때마다 노인은 줄을 조금씩 풀어 주었다. 고기의 고통을 이 정도로 유지시

켜야 한다고 그는 생각했다. 나의 고통은 문제가 아니다. 나는 스스로 고통을 억제할 수 있지만, 그러나 고기는 여기에서 조금만 더 고통스러우면 미쳐 버릴 것이다.

잠시 후 고기는 철사에 목줄을 후려치던 것을 멈추고 다시 천천히 돌기 시작했다. 노인도 쉬지 않고 줄곧 줄을 끌어당기고 있었다. 그러나 그는 또 다시 정신이 아찔해지며 현기증이 나는 것을 느꼈다. 왼손으로 바닷물을 퍼서 머리를 적셨다. 그리고 물을 좀 더 떠서 목덜미를 문질렀다.

"그래도 쥐는 안 나니까 괜찮아. 곧 고기가 올라올지도 모른다. 물론 나는 견딜 수 있다. 아니, 견뎌야만 해. 당연한 일이야."

그는 뱃머리에 몸을 의지하고 무릎을 꿇었다. 그리고 잠시 동안 줄을 등에서 내렸다. 고기가 원주의 먼 쪽을 돌 때는 자기도 좀 쉬고, 가까이에서 돌 때는 다시 힘을 내서 싸워 보자는 계산이었다.

노인은 뱃머리에 앉아 쉬면서, 줄을 당기지 않고 고기가 저 혼자 한 바퀴 돌도록 내버려 두고 싶은 생각이 간절했다. 그러나 그런 생각도 잠시뿐이었다. 노인은 줄의 인력을 통해서 고기가 회전을 하면서 다가오고 있음을 알아차리고 벌떡 일어섰다. 그러고는 줄을 잡아끌면서 베를 짜듯 몸을 움직이기 시작했다.

전에는 이렇게 피로해 본 적이 없었는데. 이제 무역풍이 부는구나. 이 바람이 불면 고기를 끌어들이기에 유리하다. 나에게는 절실히 필요한 바람이야.

"다음에 회전을 하려고 고기가 헤엄쳐 나가면 그때 쉬어야지. 그래도 기분이 훨씬 좋아졌어. 두세 번만 더 돌고 나면 잡히겠지."

노인의 밀짚모자는 뒤통수에 걸려 있었다. 노인은 고기가 회전하는 것을 감지하자 다시 줄을 끌어당기면서 뱃머리에 주저앉았다. 고기야, 너는 지금 힘차게 움직이고 있구나. 하지만 굽이돌 때 내 너를 잡으마. 그는 각오를 단단히 했다.

파도가 꽤 높이 일었다. 이것은 좋은 날씨를 예고하는 미풍 때문에 일어나는 현상이었다. 무사히 집으로 돌아가려면 이 바람이 꼭 필요했다.

"서남쪽으로 저어 가기만 하면 된다. 사나이가 바다에서 길을 잃을 리는 없어. 게다가 육지는 아주 기다란 섬이니까."

그가 문제의 고기를 처음 본 것은 세 번째 회전 때였다. 처음에는 배 밑을 한참 동안 지나가는 검은 그림자가 눈에 띄었을 뿐이었다. 하지만 노인은 도저히 그 길이를 믿을 수가 없었다.

"아니야."

하고 노인은 말했다.

"저렇게 클 리가 있나."

그러나 고기는 검은 그림자만큼 컸다. 회전을 마친 후 고기는 배에서 겨우 30야드 떨어진 물 위로 떠올랐다. 그때 노인은 물 밖으로 나온 고기의 꼬리를 보았다. 그것은 큰 낫의 날보다도 더 길었다. 그리고 검푸른 물을 배경으로 한 창백한 라벤더 빛깔을 가졌다. 꼬리는 뒤로 비스듬히 기울어져 있었다. 고기가 수면 바로 아래를 헤엄치기 시작하자 비로소 노인은 그 거대한 몸집과 띠를 두른 것 같은 자줏빛 줄무늬를 볼 수 있었다. 등지느러미는 누워 있었고 커다란 가슴지느러미는 넓적하게 펴져 있었다.

그때쯤에야 노인은 고기의 눈을 볼 수 있었다. 그리고 고기의 주위를 헤엄치는 회색 빨판상어 두 마리도 보았다. 두 마리의 상어는 그 고기한테 달라붙어 있다가 어느 때는 떨어져 나오기도 했다. 아니면 큰 고기의 그늘에서 유유히 헤엄을 치기도 했다. 두 마리 다 길이가 3피트는 넘어 보였다. 빨리 헤엄칠 때는 몸 전체를 뱀장어처럼 세차게 움직였다.

노인은 땀을 흘리고 있었다. 비단 햇볕이 뜨거워서만이 아니었다. 고기가 조용히 차분하게 돌 때마다 그는 줄을 당겼다. 이제 두 번만 더 돌면 작살을 꽂을 수 있으리라고 확신했다. 그러나 더 가까이, 아주 바싹 끌어와야 한다. 그리고 머리에 작살을 꽂으려고 해선 안 된다. 단 한 번에 심장을 찔러야 한다.

"침착하게 굴어. 그리고 더욱 힘을 내, 늙은이."

예상대로 다음 회전 때 고기는 등을 물 밖으로 내밀었다. 그러나 거리가 좀 멀었다. 그다음 회전 때도 역시 너무나 멀었다. 그러나 물 밖으로 몸을 훨씬 더 많이 드러냈으므로 노인은 조금만 더 줄을 끌어 들이면 고기를 배에 나란히 댈 수 있을 거라는 확신이 생겼다.

그는 벌써부터 작살을 준비해 두었다. 작살에 달린 가는 밧줄을 감아 놓은 사리는 둥근 광주리 안에 담아 두었고, 끝은 뱃머리의 말뚝에 단단히 매어 놓았었다.

고기는 이제 원을 그리며, 그리고 커다란 꼬리를 움직이며 다가오고 있었다. 노인은 고기를 배 가까이 몰아오려고 있는 힘을 다해 끌어당겼다. 고기는 잠깐 배를 드러내더니 약간 뒤뚱거렸다. 그러나 잠시 후 몸을 바로 하더니 다시 회전하기 시작했다.

"저것 봐. 내가 녀석을 움직이게 했어. 내가 움직이게 해서 배를 드러냈던 거야."

노인은 또다시 현기증이 났으나 있는 힘을 다해 고기를 붙잡았다. 내가 녀석을 움직이게 했다. 아마 이번에는 끝장을 낼 수 있을 거야. 손아, 끌어당겨라. 그는 간절한 마음으로 중얼거렸다. 다리야, 버텨라. 머리야, 날 위해 견뎌 다오. 제발 여기서 정신을 차려. 정신을 잃는 일은 없어야 한다구. 이번에는 틀림없이 고기를 끌어 보자.

그러나 온 힘을 기울여서 고기를 끌어당기려고 했지만, 고기는 약간 뒤뚱거렸을 뿐 이내 자세를 바로잡고 헤엄쳐 나갔다.

"고기야. 고기야, 너는 어차피 죽어야 하지 않니. 나마저 죽을 필요가 있겠냐?"

만약 그렇게 된다면 아무것도 소용이 없을 것이다, 하고 노인은 생각했다. 입이 말라서 소리 내어 말을 할 수도 없었으나, 이젠 물 있는 데까지 갈 힘도 없었다. 이번에는 틀림없이 뱃전으로 끌어와야 해. 녀석이 계속 돈다면 내 몸은 온전치 못할 거야. 아니, 그래도 괜찮을 거야, 언제까지나 괜찮을 거야. 노인은 중얼거렸다.

또다시 고기가 회전을 시작했다. 노인이 거의 고기를 잡을 뻔했다. 그러나 또다시 고기는 자세를 바로잡고 유유히 헤엄쳐 나가 버렸다.

네가 나를 죽이는구나. 고기야, 너에게는 충분히 그럴 권리가 있어. 나는 일찍이 너처럼 크고 아름답고 침착하고 위엄이 있는 고기를 본 적이 없거든. 그래서 네가 날 죽인다 해도 조금도 서운할 것 같지가 않다. 내 형제여, 자, 어서 와서 날 죽여, 누가 누구를 죽이건 상관없다.

이제 머릿속이 혼미해지고 있구나, 하고 노인은 생각했다. 머리를 좀 식혀야지. 머리를 식히고, 끝까지 남자답게 고통을 견디어 내도록 온갖 지혜를 모아 보자. 저 고기처럼이라도 말이다, 하고 그는 생각했다.

"정신 차려라, 머리야."

자기 귀에도 거의 들리지 않을 정도의 목소리였다.

"정신 차려!"

고기는 이후로도 두 번이나 더 회전을 했다. 이젠 더 이상 모르겠다, 하고 노인은 생각했다. 그는 의식을 잃고 기절할 것 같은 상태에 빠졌다. 뭐가 뭔지 모르겠다. 그러나 다시 한 번만 더 해 보자.

그는 한 번 더 힘을 써 보았다. 마침내 고기가 뒤뚱거렸고, 순간 그 자신도 아찔했다. 고기는 다시 몸을 바로 일으켜 큰 꼬리를 허공에 휘두르면서 유유히 헤엄쳐 가 버렸다.

또다시 한 번 더 해 보겠다고 노인은 결심했다. 그러나 이제 두 손의 맥이 풀렸고, 눈도 침침해져서 보일락 말락 했다.

다시 한 번 해 보았으나 마찬가지였다. 역시 같군, 하고 그는 생각했다. 그리고 또 한 번 시작하기도 전에 의식이 희미해지는 것을 느꼈다. 한 번 더 해 보자.

노인은 모든 고통과 자신에게 남은 온 힘과 과거의 긍지까지 다 동원해 고기에 맞섰다. 마침내 고기는 주둥이를 뱃전에 닿을락 말락 하면서 노인의 곁으로 유유히 헤엄쳐 오더니 그대로 배를 스쳐 지나가기 시작했다. 길이가 길고 높고, 넓은, 자줏빛 줄무늬가 보였다. 그리고 온몸이 온통 은빛으로 보이던 그 무한히 큰 고기가 배를 지나쳐 가기 시작한 것이다.

노인은 손으로 잡고 있던 낚싯줄을 발로 밟은 후 작살을 높이 쳐들어 온 힘을 다해 고기의 옆구리를 찔렀다. 작살은 노인의 가슴팍 높이까지 허공에 솟은 커다란 가슴지느러미 바로 뒤에 박혔다. 쇠작살이 고기의 배를 뚫고 들어가는 것을 느끼면서 노인은 작살에 몸을 기댔다. 그리고 작살이 더 깊이 박히도록 온몸의 체중을 작살에 실었다.

그런데 고기는 치명상을 입고도 아직 팔팔한 기운을 보였다. 그리고 엄청나게 길고 널따란 몸뚱이의 힘차고 아름다운 모습을 과시하면서 물 위로 높이 솟구쳐 올랐다. 고기는 배 안에 서 있는 노인의 머리 위까지 올라가 그대로 공중에 떠 있는 듯하더니 잠시 후 요란한 소리를 내며 물속으로 떨어졌다. 그 바람에 노인의 몸과 배는 흠뻑 물보라를 맞고 말았다.

노인은 현기증이 나서 의식이 가물거리고 앞도 잘 보이지 않았다. 그는 껍질이 벗겨져 생살이 드러난 양손을 이용해 작살의 밧줄을 천천히 풀어주었다. 시력이 돌아와 주위를 보니 고기가 은빛 배를 드러내고 뒤집혀 있었다. 작살 자루가 고기의 어깨에 비스듬히 꽂혀 있었고, 바닷물은 고기의 심장에서 흘러나온 피로 붉게 물들고 있었다. 처음에는 1마일 정도의 깊은 물속에 있는 고기 떼처럼 시커멓게 보이더니, 곧 구름장처럼 넓게 퍼져 나갔다. 고기의 몸뚱이는 은빛으로 빛나며 조용히 물결 속에 떠 있었다.

노인은 희미한 눈으로 그 광경을 바라보다가 작살 줄을 말뚝에 두 번 감아 놓고는 양손에 얼굴을 파묻었다.

"정신 똑똑히 차려라."

그는 뱃머리의 널빤지에 기대면서 자신을 다그쳤다.

"나는 지쳐 버린 늙은이야. 하지만 내 형제와도 같은 이 고기를 죽였다. 그러니 이제는 뒤처리 노역이 남아 있다는 걸 잊으면 안 돼."

고기를 배에 묶을 수 있도록 올가미와 밧줄을 준비해야지. 설사 지금 당장 이 배에 두 사람이 있다 해도 저 고기를 배에 싣는 건 불가능한 일이니까. 고기를 배 가까이 끌어와서 밧줄로 잘 묶은 다음, 돛대를 세우고 돛을 펴서 집으로 가야 되겠다.

그는 고기의 아가미에서 입으로 줄을 꿰어 뱃머리에 대가리를 나란히 비끄러매기 위해 고기를 뱃전까지 끌어들이기 시작했다. 순간 그는 저 몸뚱이를 만지거나 더듬어 보고 싶다고 생각했다. 고기가 내 재산이 되었다. 하지만 단지 그 때문에 만져 보고 싶은 건 아니야. 조금 전에 심장을 만져 본 것 같은 생각이 들었기 때문이지. 두 번째 작살 자루를 박아 넣을 때 말이야. 자, 이제 고기를 끌어당겨 비끄러매자. 꼬리와 허리에 올가미를 하나씩 걸어야 한다.

"늙은이, 어서 일을 시작하시지."

그는 그렇게 말하면서 물을 조금 마셨다.

"싸움이 끝났으니 이젠 뒤치다꺼리만 남았다."

그는 하늘을 쳐다본 후 다시 고기를 바라보았다. 해를 살펴보고 정오가 지난 지 얼마 안 된 모양이군, 하고 생각했다. 무역풍이 불어오고 있었다. 낚싯줄은 이제 아무래도 상관없었다. 집으로 돌아가서 소년하고 둘이 앉아 새로 꼬아 이으면 될 테니까.

"이리 오너라, 고기야."

그렇게 말했지만 고기는 쉽사리 끌려오지 않았다. 그냥 바닷물에 둥둥 떠 있었다. 노인은 노를 저어 고기 곁으로 다가갔다.

노인은 고기 옆으로 가서 고기 머리를 뱃머리에다 대었다. 그러나 그때까지도 그 크기를 도저히 믿을 수가 없었다. 그는 고기의 크기에 다시 한번 놀라면서도 자신이 해야 할 일을 차근차근 진행시켰다. 우선 말뚝에서 작살 밧줄을 풀어서 고기의 아가미를 통해 턱으로 빼낸 뒤 칼처럼 뾰족한 부리를 한 번 감아서 다른 쪽 아가미로 빼냈다. 그것을 다시 한 번 부리에 다 감아서 양 끝을 매듭지은 뒤 뱃머리에 있는 말뚝에다 단단히 비끄러매었다. 그러고 나서는 밧줄을 끊어 냈다. 이젠 꼬리에 올가미를 씌우는 일이 남았다. 그는 고물 쪽으로 갔다. 고기는 본래의 색깔인 자줏빛과 은빛으로 변해 갔다. 줄무늬는 꼬리와 마찬가지로 엷은 보랏빛이었는데, 손가락을 쫙

편 것보다도 넓었다. 고기의 눈은 잠망경의 렌즈처럼 보였고, 눈빛은 행렬 속의 성인상처럼 초연해 보였다.

고기를 죽이자니 그럴 수밖에 없었어, 하고 노인은 중얼거렸다. 물을 조금 마시자 기분이 좀 나아졌다. 의식을 잃지는 않을 것 같았다. 머리도 개운했다. 저 정도라면 1,500파운드는 넘겠다고 그는 생각했다. 아니, 훨씬 더 넘을지도 모르지, 내장을 빼내고도 약 3분의 2가 남을 텐데, 파운드당 30센트씩 받는다면 모두 얼마나 될까?

계산하려면 연필이 있어야겠는걸. 지금 내 머리는 그 정도로 맑지 못해. 그러나 오늘은 저 훌륭한 디마지오 선수와 비교해도 결코 부끄럽지 않을 것 같다. 디마지오처럼 발뒤꿈치 뼈가 아팠던 건 아니지만 두 손과 등이 정말 많이 아팠으니까. 그런데 뒤꿈치 뼈 타박상이란 어떤 것일까. 어쩌면 우리 자신도 모르는 사이에 그 병을 앓고 있는지도 모르지.

그는 그 큰 고기를 뱃머리와 고물, 그리고 배 허리께에 단단히 비끄러매었다. 고기가 어찌나 큰지 조각배 옆에 큰 배 하나를 달고 가는 것 같았다. 노인은 마지막으로 밧줄을 한 가닥 끊어서 고기의 입이 벌어지지 않도록, 아래턱을 부리에 갖다 대고 묶어 놓았다. 될 수 있는 대로 배를 미끄럽게 저어 갈 수 있도록 하기 위한 조치였다. 다음에는 돛대를 세우고 갈고릿대와 가름대 등 장비를 정리한 뒤, 조각조각 기운 돛을 폈다. 마침내 배가 움직이기 시작했다. 노인은 고물에 반쯤 드러누워 남서쪽으로 방향을 잡았다.

노인은 나침반이 없어도 서남쪽이 어느 방향인가를 알 수 있었다. 필요한 것은 무역풍의 촉감과 돛이 팽팽하게 당겨지는 모습뿐이었다. 이제는 가는 낚싯줄을 이용해 뭐든 먹을 것을 낚아 보도록 하자. 그리고 목도 축여야지. 그러나 미끼 낚시는 보이지도 않았고 미끼로 쓸 정어리마저 상해 있었다. 할 수 없이 누런 모자반류 해초가 한 조각 지나가는 것을 갈고리로 건져서 털어 보았다. 그러자 그 속에 있던 잔새우가 뱃바닥으로 떨어졌다. 그중 서너 마리는 그래도 꽤 먹을 만해 보였다. 새우들은 노인의 발밑에서 모래벼룩처럼 팔딱팔딱 튀어 올랐다. 노인은 엄지와 검지를 이용해 새우의 머리를 따 낸 뒤 껍질이며 꼬리까지 죄다 씹어 먹었다. 아주 조그마한 새우였지만 노인은 그것들이 영양이 풍부하고 맛도 좋다는 것을 알고 있었다.

물병에는 아직 물이 두 모금쯤 남아 있었다. 노인은 새우를 먹고 나서 물을 한 모금 마셨다. 무거운 짐을 실었는데도 배는 잘 달리고 있었다. 그는 키의 손잡이로 배의 방향을 조종했다. 고기가 잘 보였다. 노인은 상처투성이의 두 손을 보고 배에 닿은 등의 아픔을 느끼고서야 비로소 이것이 꿈이 아니라는 것을 깨달았다. 고기와의 싸움이 끝나 갈 무렵에는 너무 고통스러워서 아마 꿈일 거라고 생각하기도 했었던 것이다. 그래서 고기가 물 밖으로 튀어 올라 바다로 떨어지기 직전 공중에 잠시 떠 있을 때도 참 이상한 광경이라고 여겼고 도저히 믿을 수가 없었던 것이다. 지금은 다시 전처럼 시력이 회복되었지만, 그때는 아무것도 잘 보이지 않았다.

이제 눈앞에 고기가 있었고, 손과 등이 아픈 것도 꿈이 아니었다. 손의 상처도 얼마 안 가서 나을 것이라고 그는 생각했다. 소금물에 담그면 금방 낫게 될 것이다.

바로 이 깊은 바닷속의 검푸른 물이 우리 같은 어부들에게는 제일 잘 듣는 약이지. 이제 내가 할 일은 머리를 맑게 식히는 것뿐이다. 두 손이 제 구실을 잘해 주었고, 배도 잘 달리고 있다. 고기도 입을 꼭 다물고 꼬리를 아래위로 흔들면서 형제처럼 사이좋게 동행하고 있었다. 그 순간 노인의 정신이 흐려지기 시작했다. 가만, 그런데 지금 고기가 나를 데리고 가는 건가,

아니면 내가 고기를 데리고 가는 건가? 내가 고기를 뒤에 매달아 끌어가고 있다면 문제는 없다. 또 만일 고기가 배 안에 실려 있다면 그 역시 문제는 없다. 그러나 노인은 그들이 한데 묶여서 나란히 나아가고 있다는 생각이 들었다. 그러다가는 문득 '고기가 끌고 가겠다면 가라지'라는 생각도 했다. 내가 저 고기보다 좀 낫다는 것은 꾀가 있다는 것뿐인데 고기는 나를 전혀 해치려고 하지도 않았거든.

배는 순조롭게 나아갔다. 노인은 짠물에 손을 담근 채 정신을 차리려고 애를 썼다. 하늘에 떠 있는 뭉게구름과 새털구름으로 보아 밤새도록 미풍이 계속해서 불 것 같았다. 노인은 자신이 고기를 잡았다는 것이 믿기지 않아 줄곧 고기를 바라보고 있었다. 그로부터 한 시간이 지난 후, 첫 번째 상어가 고기를 공격해 왔다.

상어의 습격은 우연한 일이 아니었다. 고기의 시커먼 피가 1마일 깊이 아래까지 내려가자 피 냄새를 맡은 상어가 푸른 수면을 박차고 물 위로 솟아오른 것이다. 그러고는 다시 물속으로 들어가서 피 냄새를 좇아 배와 고기가 지나온 길을 따라왔던 것이다.

상어는 때때로 냄새를 놓치기도 했다. 그러나 다시 냄새를 찾아냈고 그 흔적을 재빨리 따라왔다. 그놈은 바다에서 가장 빨리 헤엄칠 수 있다고 알려진 덩치가 큰 마코상어(청상아리)였다. 그 상어는 흉악한 주둥이만 아니라면 몸 전체가 아름다운 편이었다. 등은 황새치처럼 푸른빛이었고, 배는 은빛이며 껍질은 매끈하고 아름다웠다. 빨리 헤엄칠 때는 커다란 주둥이를 꽉 다물고 있어서 꼭 황새치같이 보였다. 상어는 바로 수면 아래에서 높은 등지느러미를 꼿꼿이 세운 채 노인의 배를 뒤쫓고 있었다. 꽉 다문 주둥이 속에는 각각 여덟 개씩 나 있는 이빨이 죄다 안으로 굽어져 있을 것이다. 그것은 대부분의 상어 이빨처럼 피라미드형이 아니라 마치 사람의 손가락을 매의 발톱처럼 오그렸을 때의 모양과 같았다. 이빨의 길이는 거의 노인의 손가락 정도이고, 양쪽 끝이 면도날처럼 날카로웠다. 바다에 사는 어떤 고기라도 잡아먹을 수 있도록 생긴 이빨인 것이다. 게다가 놈은 매우 빠르고 힘세고 무장이 잘되어 있어서 당해 낼 고기가 없었다. 바로 그 공포의 상어가 신선한 피 냄새를 맡자 전속력으로 쫓아온 것이다.

노인은 상어가 다가오는 것을 보고 이놈이 무서워하는 것 없이 저 하고 싶은 대로 하고야 마는 놈이라는 것을 대번에 알아챘다. 그는 상어의 동태를 지켜보면서 작살을 준비하고 거기에 밧줄을 단단히 묶었다. 그런데 고기를 비끄러매느라 밧줄을 잘라 쓴 탓으로 밧줄이 짧았다.

노인은 정신이 또렷해졌다. 각오를 단단히 하기는 했으나 희망은 거의 없었다. 좋은 일은 오래가지 않는 법이야. 노인은 중얼거리면서 상어와 자신이 잡은 큰 고기를 한 번 쳐다보았다. 차라리 꿈이라면 싶었다. 상어를 때려잡지 않고선 그놈의 공격을 도저히 막을 수 없었다. 덴투소(큰 이빨이 고르지 않은 상어의 일종)란 놈, 이 망할 놈의 자식아.

상어가 고물에 바싹 따라붙어 드디어 고기에 덤벼들었을 때 노인은 상어가 벌린 입과 이상한 눈깔, 그리고 고기의 꼬리 바로 위의 살을 찰칵 소리를 내며 이빨로 물어뜯는 것을 보았다. 잠시 동안 상어의 머리가 물 위로 떠오르고 등까지 솟아오르더니 다음 순간 고기의 가죽과 살이 물려 뜯기는 소리가 들렸다. 바로 그때 노인은 상어의 머리 위로 작살을 던져 두 눈을 잇는 선과, 코 위로 똑바로 올라간 선이 교차되는 지점에 작살을 꽂았다. 상어 머리에 실제로 그런 선이 있는 건 아니었다. 뾰족하고 푸른 큰 대가리와 커다란 눈깔, 뭐든지 찰칵찰칵 잘라 집어삼키는 주둥아리가 툭 튀어나와 있을 뿐이었다. 그러나 바로 그곳이 상어의 골이 있는 위치였기 때문에 노인이 그곳을 내리쳤던 것이다. 노인은 있는 힘을 다해서 피투성이가 된 손으로 작살을 내리쳤다. 희망은 없었지만 결의와 온전한 적의로 상어에게 작살을 꽂았다.

상어가 몸을 뒹굴었다. 이미 상어의 눈빛에서 생기가 가시고 있었다. 상어는 한 바퀴 더 뒹굴어 두 바퀴나 밧줄에 몸을 감았다. 노인은 상어가 죽은 것을 알았으나 상어는 그 사실을 받아들이려 하지 않는 것 같았다. 거꾸로 뒤집혀졌음에도 불구하고 꼬리로 물을 후려치고 주둥이를 연속 찰칵거리면서 경주용 보트처럼 물을 헤치고 달렸다. 상어의 꼬리가 요동치는 바람에 온통 하얀 물보라가 튀었다. 그러고는 밧줄이 팽팽해지고 부르르 떨리더니 뚝 끊어졌다. 상어의 몸뚱이는 수면에 가만히 떠 있었다. 노인은 움직이지 않고 상어를 지켜보았다. 이윽고 상어는 천천히 물속으로 가라앉았다.

"저놈이 내 고기의 살을 40파운드는 족히 가져가 버렸어."

노인은 큰 소리로 말했다. 작살과 밧줄까지 가져가 버렸으니 어쩐다. 내 고기가 피를 흘리고 있는 한 다른 놈들이 또 나타나겠지.

노인은 물어 뜯겨 병신이 된 고기를 바라보고 싶지 않았다. 고기가 공격받고 있을 때 노인은 마치 자신이 공격을 받고 있는 것 같았었다.

하지만 내 고기를 물어뜯은 상어를 죽였어. 그놈은 이제껏 내가 본 것 중에서 가장 큰 덴투소였어. 그전에도 덩치가 큰 놈을 많이 보아 왔지만.

행운이 오래갈 리가 있나, 하고 노인은 생각했다. 차라리 모든 게 꿈이었으면. 고기를 낚은 일 없이 침대에 혼자 누워 신문이나 보고 있었으면 좋았을걸.

"그러나 인간은 이 정도의 일에 지지 않아. 인간은 파멸할 수는 있어도 패배할 수는 없어."하고 그는 말했다.

그래도 내가 고기를 죽인 건 미안한 일이야, 하고 그는 또 생각했다. 이제부터는 더 큰 시련이 닥쳐올 텐데, 나에게는 작살마저 없으니. 그 덴투소 상어는 잔인하고 유능한 데다 힘세고 영리한 놈이었어. 하지만 내가 그놈보다 더 영리했지. 아니, 내가 더 영리했던 게 아니라 내가 저들보다 무장이 잘되어 있었던 것뿐인지도 몰라.

"쓸데없는 생각일랑 말자, 이 늙은이야. 방향을 바꾸지 말고 이대로 가자. 가다가 난관이 닥치면 그대로 맞서 보자."

그는 큰 소리로 말했다.

그렇지만 생각을 안 할 수는 없었다. 남은 것이라고는 생각밖에 없으니까, 오직 그것하고 야구밖에. 내가 상어에게 작살을 꽂던 멋진 순간을 디마지오가 봤다면 어떻게 생각했을까? 뭐 그리 대단한 솜씨는 아니었지만. 사실 그건 누구나 할 수 있는 일이거든. 내 손의 상처가 그가 뼈를 다친 것만큼 불리한 조건이었을까? 알 수 없지. 전에 수영을 하다가 노랑가오리(색가오릿과의 바닷물고기. 꼬리에 있는 가시에 찔리면 몹시 아프고 찔린 부위를 절제해야 하는 수도 있음)를 밟고서 종아리가 마비되고 참을 수 없을 정도로 아팠던 것 말고는 뒤꿈치를 다쳐 본 적이 없으니까.

"이봐, 기왕이면 유쾌한 생각을 해 보지그래, 늙은이. 이제 시시각각 집이 가까워지고 있지 않나 말이야. 아까 40파운드의 고기를 잃었으니 배도 그만큼 가볍게 달리고 있고."

배가 조류의 안쪽으로 들어가면 어떤 일이 일어나리라는 것을 노인은 잘 알고 있었다. 그러나 지금 당장 어떻게 할 도리가 없었다.

"아니야, 반드시 다른 방도가 있을 거야." 노인은 큰 소리로 말했다.

"한쪽 노 끝에다 칼을 동여매 놓으면 되겠지."

그는 키 손잡이를 겨드랑이에 끼고 돛자락은 발로 누르고서 칼을 노에 비끄러맸다.

"자, 늙기는 했어도 이제 그런대로 무장이 된 셈이잖아."

미풍이 좀 세게 불어서 배가 곧잘 달렸다. 그는 고기의 앞머리만을 바라보기로 했다. 그러자 얼마쯤 희망이 생겼다.

희망을 버린다는 건 어리석은 일이라고 그는 생각했다. 심지어 그것은 죄라고까지 생각했다. 하지만 늙은이, 지금은 죄에 대해서는 생각하지 마라, 지금은 죄 말고도 얼마든지 생각해야 할 문제가 많다. 또한, 죄가 뭔지도 잘 모르겠다.

나는 죄가 뭔지도, 죄라는 게 있다고 믿고 있는지도 확실치 않다. 그 고기를 죽인 것은 아마 죄가 될 거야. 내가 살기 위해서, 또 여러 사람을 먹이기 위해서 그렇게 했다 할지라도 그것은 죄일 거야. 그러나 그렇다면 죄가 아닌 게 없을 테지. 아무튼 지금은 죄에 대해 생각하지 말자. 이제 와서 그런 생각을 하기에는 너무 늦었고, 또 돈을 받고 그러한 일을 해 주는 사람들도 있으니까. 그런 사람들이나 그런 것에 대해 실컷 생각하라지. 고기가 고기로 태어난 것처럼 너는 어부가 되려고 태어난 거야. 베드로 역시 디마지오 선수의 아버지처럼 어부였어.

노인은 자신과 관련된 모든 일을 생각했다. 노인에게는 읽을 것도, 라디오도 없었기 때문에 자연히 생각을 많이 했으며, 죄에 대해서도 계속해서 생각했다. 너는 다만 살기 위해서라든지 팔기 위해서 고기를 죽인 것은 아니다. 다만 긍지를 위해서, 또 어부이기 때문에 고기를 죽인 것이다. 너는 고기가 살아 있을 때도 사랑했고, 죽은 뒤에도 역시 사랑했다. 만약 진정 고기를 사랑한다면 죽이는 것은 죄가 아니다. 오히려 아니, 더 큰 죄악일까?

"늙은이, 자넨 생각이 너무 많군."

그는 소리 내어 말했다.

그러나 그 덴투소를 죽인 건 잘한 일이야. 그놈도 너처럼 산 고기를 먹고 살지. 어떤 상어들처럼 썩은 고기를 먹는 더러운 놈도 아니고 그저 걸신이 들려 돌아다니는 욕심꾸러기도 아니야. 그놈은 그런대로 멋있고 슬기도 있고 아무것도 겁내지 않는 고기지.

"나는 정당방위로 그 고기를 죽인 거야. 그것도 아주 멋지게 말이야."

게다가 실제로 세상의 모든 것들은 무슨 방법으로든 다른 것들을 죽이며 살아가고 있거든. 고기잡이가 내 목숨을 연명시켜 주는 것처럼 고기잡이를 하다 내가 죽을 수도 있는 거지. 내가 먹고살다니, 사실은 그 소년 아이가 나를 먹여 살리는 거지. 스스로를 기만해서는 안 된다고 그는 생각했다.

그는 뱃전으로 몸을 굽혀 상어가 물어뜯어 놓은 고기의 살점을 한 점 떼어 냈다. 그리고 그것을 씹으면서 고기의 질과 맛을 음미했다. 그 고기는 쇠고기처럼 살이 단단하고 물이 많았으나 붉지는 않았다. 힘줄도 없었다. 시장에서 최고가로 팔릴 만한 충분한 가치가 있었다. 그런데 냄새가 물속으로 퍼져 나가는 것만은 막을 도리가 없었다. 노인은 불길한 예감이 들었다. 무언가 불행한 일이 닥쳐오고 있음을 느낄 수 있었다.

여전히 미풍이 불었다. 동북쪽으로 약간 방향이 바뀌는 듯했으나 미풍이 잦아들 것 같지는 않았다. 노인은 멀리 앞을 내다보았다. 그러나 사방을 둘러보아도 돛도 선체도, 배에서 올라오는 연기 같은 것조차 보이지 않았다. 날치가 뱃머리 쪽에서 뛰어올랐다가 뒤로 빠져나가 버리고, 누런 해초 조각들만 무심하게 떠 있을 뿐이었다. 새 한 마리 보이지 않았다.

노인은 고물에 기대어 앉아 쉬면서 기운을 차리려고 애썼다. 이따금 마알린 고기를 씹으면서 두 시간 정도를 보냈을 때였다. 노인은 쫓아오던 상어 두 마리 중 앞의 놈을 보고야 말았다.

"아!"

노인은 큰 목소리로 말했다. 그건 도저히 다른 말로 옮길 수도 없는 그런 것이다. 한 사나이의 손바닥을 못이 꿰뚫고 나무에 박힐 때 저도 모르게 내뱉는 소리가 바로 그런 소리였을 것이리라.

"갈라노 상어구나."

하고 그는 소리쳤다. 노인은 앞선 놈 뒤에서 유유히 따라오고 있는 두 번째 놈의 지느러미도 보았다. 갈색 삼각형 지느러미와, 스치고 지나가는 꼬리의 동작으로 보아서 이놈들은 코가 삽같이 생긴 막상어 종류임에 틀림없었다. 그들은 피 냄새를 맡고 흥분되어 냄새를 쫓다가 놓치고 놓쳤다간 다시 쫓곤 하면서 줄기차게 다가오고 있었다.

노인은 돛을 비끄러매고 키의 손잡이도 끼워서 고정시켰다. 그러고는 끝에 칼을 옭아매 놓은 노를 쥐었다. 하지만 손이 아파서 제대로 움직일 수가 없었기 때문에 살며시 노를 쳐들었다. 손을 풀기 위해 손가락을 가볍게 폈다 오므렸다 했다. 그는 고통을 견뎌 내고, 또 뒤로 물러서지 않을 결심으로 두 손으로 노를 꽉 움켜쥐었다. 노인은 상어들이 다가오는 것을 지켜보았다. 이제 상어의 넓적하고 평평한, 삽처럼 뾰족한 머리도 보였다. 끝이 흰 넓은 가슴지느러미도 보였다. 놈들은 상어 중에서도 가장 가증스러운 상어였다. 이런 종류의 상어는 냄새가 고약하고, 산 것이나 죽은 것이나 가리지 않고 먹으며, 배가 고플 때는 심지어 노든지 키든지 마구 물어뜯기까지 했다. 해면에 잠들어 있는 거북이의 다리나 발을 잘라 먹는 것도 바로 이놈들이다. 배만 고프면 생선의 피 냄새나 비린내가 나지 않아도 사람에게 덤벼들기도 했다.

"야, 갈라노 상어야, 어서 오너라, 이놈들아."

상어가 다가왔다. 그러나 아까의 마코 상어와는 행동이 좀 달랐다. 한 놈이 몸을 돌리더니 배 밑으로 들어가 버려서 보이지 않았던 것이다. 그놈이 몸부림치며 고기를 물어뜯어 낼 때마다 배가 흔들리는 것을 느낄 수 있었다. 다른 한 놈은 가늘게 찢어진 눈으로 노인을 쳐다보고 있다가 반원형 주둥이를 크게 벌리며 쏜살같이 덤벼들었다. 그놈은 이미 물어뜯긴 자리를 집중적으로 공격했다. 갈색 정수리에서부터 골이 척추와 만나는 뒤통수에 이르기까지 줄이 선명하게 이어져 있었다. 노인은 노에 묶인 칼을 이용하여 그 부분을 냅다 찔렀다. 그런 다음 다시 고양이같이 생긴 상어의 누런 눈을 향해 칼을 내리꽂았다. 상어가 고기를 놓고 떨어져 나갔다. 우습게도 그놈은 죽으면서도 물어뜯은 고기를 삼키었다.

그러나 나머지 다른 한 놈은 여전히 고기를 물어뜯고 있었다. 살점이 뜯겨 나갈 때마다 배가 흔들렸다. 노인은 뱃전을 돌려서 상어를 물 밖으로 끌어내야겠다고 생각했다. 그리고 돛을 내려 버렸다. 상어가 나타났다. 그는 기회를 놓칠세라 뱃전에 몸을 기대고 찔렀다. 그러나 껍질이 단단해서 살만 찢어졌을 뿐 깊이 찔린 것 같지는 않았다. 너무 힘껏 찌르느라 손뿐만 아니라 어깨까지 아파 왔다. 그러나 상어는 또다시 머리를 쳐들고 쏜살같이 올라왔다. 상어의 코가 물 밖으로 나오더니 고기한테 달려들었다. 상어가 고기의 살점에 코를 박고 있을 때 노인은 평평한 정수리 한가운데를 겨냥하고 칼을 찔렀다.

계속해서 칼날을 뽑아서 다시 같은 곳을 찔렀다. 그래도 상어는 주둥이를 처박고 고기에 매달려 있었다. 이번에는 왼쪽 눈을 찔러 보았다. 여전히 상어는 떨어지지 않았다.

"이놈! 이래도 안 떨어져?"

노인은 최후의 일격을 가하듯 칼날로 척추골과 두개골 사이를 찔렀다. 이번에는 칼이 쉽게 들어갔다. 상어의 연골이 쪼개지는 것이 느껴졌다. 노인은 노를 뒤집어 칼날을 상어의 주둥이 속으로 집어넣고 벌렸다. 상어의 입속에서 칼날을 마구 후벼 대자 상어가 힘없이 떨어져 나갔다.

"어서 가라, 가 버려. 1마일쯤 깊은 바닷속으로 가라앉아서 먼저 간 네놈의 친구인지 엄마인지나 만나 봐라."

노인은 숨을 몰아쉬며 칼날을 닦고 노를 놓았다. 돛이 바람을 안고 있었다. 그 모양을 보면서 노인은 배의 방향을 제대로 잡았다.

"고기 살의 4분의 1이나, 그것도 제일 맛 좋은 부분을 뜯겼구나."

노인은 소리쳤다.

"차라리 이게 꿈이고 아예 고기를 잡지 않았었다면 좋으련만. 미안하다, 고기야. 결국은 모든 일을 그르치고 있구나."

그는 더 이상 말하지 않았다. 이제는 고기를 쳐다보기조차 싫었다. 너무 많은 피를 흘리고 물에 씻기고 불어서 고기의 색깔은 거울 뒷면의 탁한 은빛 같았다. 그래도 아직 그 줄무늬는 보였다.

"이렇게까지 멀리 나오지 말걸 그랬나 보다, 고기야. 그게 너를 위해서나 나를 위해서도 더 좋았을 텐데……. 미안하다, 고기야."하고 그는 또다시 중얼거렸다.

자아 이제는 칼이 잘 묶여져 있나 살펴보고 끊어진 데가 없나 보자. 손도 제대로 쓸 수 있게 운동을 해 두어야지. 상어가 더 나타날 테니까.

노인은 노 손잡이에 칼이 잘 묶여져 있는자 살펴보다가 말했다.

"숫돌이 있으면 좋을 텐데. 숫돌을 가지고 나왔어야 했는데."

물론 그것 말고 다른 것들도 모두 가지고 나왔어야 했었어, 하고 노인은 생각했다. 그러나 지금 그런 생각을 하면 뭘 하나. 지금은 없는 걸 아쉬워할 때가 아니야. 있는 것으로 무엇을 할 수 있는가를 생각하라고.

"충고는 잘하는군. 이제 듣는 것도 신물이 나네그려."하고 그는 큰 소리로 말했다.

그는 키 손잡이를 겨드랑이에 끼고는 배가 앞으로 나아가는 대로 맡겨놓고 두 손을 바닷물에 담그고 있었다.

"아까 마지막 놈이 얼마나 뜯어 먹었는지 모르겠군. 어쨌든 배는 훨씬 가벼워졌어."

노인은 물어뜯긴 고기의 아랫배에 대해서는 생각조차 하고 싶지 않았다. 상어가 덤벼들며 치받을 때마다 살점이 뜯겨 나갔을 것이고, 이제는 그 고기가 바다의 모든 상어들을 다 불러들일 만큼 바다에 널찍한 길을 닦아 놓았다는 것도 잘 알고 있었다.

이 고기는 한 사람이 겨우내 먹을 수도 있는 양이었는데, 하고 그는 생각했다. 하지만 지금 그런 생각은 하지 마라. 최대한 휴식을 취하면서 남은 고기나 지킬 수 있는 방도를 생각해 두자. 지금쯤 바다에 온통 고기 냄새가 퍼져 있을 텐데, 내 손에서 나는 피비린내쯤은 아무것도 아니다. 게다가 내 손은 피를 많이 흘린 것도 아니야. 상처도 걱정한 만큼 큰 게 아니고, 피를 흘렸으니 쥐도 나지 않을 거야.

뭐 또 생각할 게 없을까. 그는 생각해 보았다. 아무것도 없었다. 이제는 아무 생각도 말고 다음에 올 놈들이나 기다려야 한다. 정말 이것이 꿈이라면 좋겠다. 그러나 모를 일이다. 혹시 좋은 결과를 얻게 될지.

그다음에 나타난 놈은 코가 납작한 막상어 한 마리였다. 이놈은 마치 돼지가 여물통에 덤벼들듯 달려들었다. 노인은 그놈이 고기를 물게 놔두었다가 노에 비끄러맨 칼로 단 한 번에 골통을 찔렀다. 그러나 상어가 몸통을 뒤집으며 튕겨 나갔기 때문에 칼날이 부러지고 말았다.

노인은 앉아서 노를 잡았다. 노인은 그 커다란 상어가 물속으로 천천히 가라앉는 모습을 쳐다보지도 않았다. 처음에는 살아 있을 당시의 크기에서 조금 작아지고 그러다가 아주 작아지면서 천천히 가라앉는 모습을 보면 언제나 황홀하곤 했었는데, 그러나 이젠 아무런 흥미도 느껴지지 않았다.

"아직 갈고릿대가 남아 있어. 그러나 그것만으로는 별 소용이 없을 거야. 그래도 아직 노가 두 개에다, 키 손잡이와 짤막한 몽둥이가 하나 있으니까 괜찮을 거야."

이젠 내가 저놈들한테 당하고 마는구나, 하고 그는 생각했다. 몽둥이로 상어를 때려잡기엔 내가 너무 늙었다. 하지만 나한테 노와 짧은 몽둥이, 키 손잡이가 있는 한은 끝까지 싸워 볼 게다.

노인은 다시 두 손을 바닷물에 담갔다. 날은 점점 저물어 갔고 바다와 하늘밖에는 아무것도 보이지 않았다. 하늘에는 아까보다 바람이 더 세게 일고 있었다. 곧 육지가 보였으면, 하고 그는 생각했다.

"자네는 지쳤군, 늙은이. 정말 속속들이 지쳤어."

해가 지기 바로 직전에 상어 떼가 다시 덤벼들었다. 노인은 바다에 남긴 고기의 흔적을 뒤따라오는 상어의 갈색 지느러미를 보았다. 놈들은 냄새를 찾아서 이리저리 몰리지도 않았다. 서로 나란히 헤엄치며 똑바로 배를 향해 달려왔다.

노인은 손잡이를 끼우고 돛을 비끄러매었다. 그리고 고물 밑창에서 몽둥이를 꺼냈다. 그것은 부러진 노를 약 2피트 반의 길이로 자른, 노 손잡이로 만든 몽둥이였다. 손잡이가 달려 있기 때문에 한 손으로도 효과적으로 쓸 수 있었다. 노인은 그것을 오른손으로 꽉 쥐고는 손목 관절을 구부렸다 폈다 하면서 상어들이 오는 것을 지켜보았다. 둘 다 갈라노 상어였다. '첫 번째 놈이 고기를 물면 콧등이나 정수리를 겨냥하고 쳐야지'라고 그는 생각했다.

상어 두 마리가 서로 바싹 붙어 왔다. 노인 가까이에 있는 상어가 고기의 은빛 배에다 주둥이를 처박는 것을 보고 노인은 몽둥이를 높이 들고 상어의 정수리를 힘껏 내리쳤다. 몽둥이가 고무에 부딪힐 때의 느낌이 전해져 왔다. 그러나 뼈에 부딪친 듯한 딱딱한 느낌도 들었다. 상어가 고기한테서 미끄러져 나가려 할 때 노인은 다시 한 번 콧잔등을 세차게 갈겼다.

다른 한 놈은 물속으로 들락날락하더니 주둥이를 다물고 나타났다. 상어의 주둥이 양옆으로 허옇게 살점이 삐져나온 것이 보였다. 노인은 몽둥이를 휘둘러 놈의 머리를 쳤다. 그러나 상어는 노인을 경계하면서도 다시 고깃점을 물어뜯었다. 상어가 그 살점을 삼키려고 빠져나올 때 노인도 다시 몽둥이를 휘둘렀다. 그러나 단단한 고무 같은 곳을 내리쳤을 뿐이었다.

"오너라, 이놈 갈라노야. 또 한 번 달려들어 봐."

상어가 쏜살같이 달려들었다. 그 순간 노인은 고기를 문 놈의 주둥이를 몽둥이로 내리갈겼다. 그것도 아주 호되게, 될 수 있는 대로 몽둥이를 높이 쳐들었다가 내려쳤다. 이번에는 골통 밑바닥 뼈에 몽둥이가 닿는 것이 느껴졌다. 그래서 상어가 살점을 천천히 뜯고 떨어져 나갈 때 또 한 번 같은 곳을 후려쳤다.

노인은 상어가 또다시 덤벼드나 살펴보았으나 둘 다 보이지 않았다. 그런데 다음 순간, 한 마리가 빙빙 돌면서 물 위를 헤쳐 오는 것이 보였다. 다른 한 마리의 지느러미는 아직 보이지 않았다.

놈들을 때려서 죽일 수 있다고는 생각지 말아야겠다고 노인은 마음먹었다. 물론 한창때라면 죽일 수도 있었을 테지만. 그러나 두 놈 다 몹시 심한 상처를 입었으니 기분은 좋을 수 없겠지. 두 손으로 방망이를 쓸 수만 있었다면 첫 번째 놈은 확실히 죽일 수 있었을 텐데. 아니 지금이라도 당장 그렇게 할 수 있는데.

그는 완전히 고기를 외면하다시피 했다. 이미 반은 뜯겼음을 알 수 있었다. 노인이 상어와 싸우는 동안 해가 졌다.

"곧 어두워지겠군. 그럼 아바나의 불빛도 보이겠지. 지금 내 위치가 너무 동쪽으로 나왔다면 낯선 해안의 불빛이라도 보일 테고."

'거리상으로 짐작해 보아도 해안에서 그리 멀지는 않을 텐데'라고 그는 생각했다. 아바나에 있는 사람들이 너무 걱정들을 안 했으면 좋겠는데, 물론 그 아이만은 걱정하고 있을 거야. 그러나 그 애는 끝까지 믿고 자신을 가질 거야. 그는 진심으로 그렇게 생각했다. 나는 인심 좋은 마을에서 살고 있으니까.

고기가 너무 심하게 뜯겨 버려서 더 이상 고기를 상대로 말을 할 수도 없었다. 그때 문득 어떤 생각이 머리에 떠올랐다.

"반쪽 고기야."하고 그는 입을 열었다.

"너도 어엿한 고기였는데 이렇게 되고 말았구나. 내가 너무 먼바다로 나왔던 게 실수였어. 내가 우리 둘 모두를 망쳐 놓았구나. 그러나 너하고 나하고 둘이서 꽤 많은 상어를 죽였어. 바로 너하고 나하고 말이다. 여러 놈에게 상처도 입혔고 말이야. 고기야, 너는 그동안 몇 마리나 죽였니? 네 머리에 있는 그 창날 같은 부리를 쓸데없이 달고 다닌 건 아니겠지?”

노인은 고기에 관해 생각하는 것이 즐거웠다. 만일 이 고기가 지금도 자유롭게 바닷속을 헤엄쳐 다니고 있다면 상어와 어떻게 싸울 것인가. ‘이럴 줄 알았으면 아까 상어와 싸우도록 주둥이에 맨 밧줄을 끊어 버릴걸’하는 생각도 들었다. 그러나 노인에게는 도끼도, 칼도 없었다.

도끼나 칼을 잘라 노 손잡이에다 비끄러맬 수만 있다면 훌륭한 무기가 될 텐데. 그러면 우리 둘이서도 얼마든지 상어하고 싸울 수 있을 텐데. 만약 한밤중에 상어가 덤벼들면 어떻게 하지? 그땐 어떻게 해야 한단 말인가?

“싸우는 거야. 죽을 때까지 싸우겠어.”하고 노인은 말했다.

그러나 이제 날은 어둡고 사방 어디에도 환한 빛은 없었다. 바람이 불고 있었고, 그 바람이 꾸준히 배를 끌고 가고 있을 뿐이었다. 그는 자신이 이미 죽은 게 아닌가, 하는 느낌마저 들었다. 그는 두 손을 모아 쥐고서 손바닥을 만져 보았다. 손은 아직 죽지 않아서 그저 손을 폈다 오므리면서 희미하게 남아 있는 생명의 고통을 의식할 수 있었다. 그는 자신의 등을 고물에 기대어 보고서야 자기가 죽지 않았다는 것을 알았다. 그의 두 어깨가 그걸 말해 주고 있었다.

만일 고기를 잡기만 하면 기도를 드리겠다고 약속했었는데, 하고 그는 생각했다. 그러나 지금은 너무 지쳐서 기도조차 할 수가 없다. 일단 부대를 가져다 어깨를 덮는 것이 좋겠어.

그는 고물에 누워서 키를 잡았다. 그리고 하늘이 밝아 오기만을 기다렸다. 고기는 아직 반이 남아 있다. 요행히 앞쪽의 반이라도 가지고 돌아갈 수 있을지 모르겠다. 그나마 운이 조금은 있을 테지. 아니야, 불현듯 그는 다시 중얼거렸다. 내가 너무 멀리 나갔기 때문에 내 행운은 사라져 버린 거야.

"어리석은 생각은 그만둬. 정신 똑바로 차리고 키나 잡고 있도록 해. 아직 행운이 남아 있는지도 모르잖아."하고 그는 큰 소리로 말했다.

"어디 행운을 파는 곳이 있다면 지금 당장 가서 좀 샀으면 좋겠는데."하고 그는 또 말했다.

'하지만 무엇으로 사 오지?'하고 그는 자신에게 다시 반문했다. 잃어버린 작살과 부러진 칼과 못쓰게 된 이 두 손으로 도대체 무엇을 사 올 수 있단 말인가?

"살 수 있을지도 모르는 일이야. 바다에서 84일이나 허송세월하는 걸로 값을 치르고 행운을 사려고 했지. 그리고 행운이 막 팔려 올 것처럼 될 뻔하지 않았는가."

쓸데없는 생각은 하지 말자고 그는 생각했다. 행운이란 여러 가지 형태로 찾아오는 것인데 누가 그것을 미리 알 수 있을 것인가. 그렇지만 나는 행운이 어떤 형태로 오든 그것을 좀 갖고 싶다. 그리고 행운이 요구하는 값을 치르고 싶다. 어서 환한 불빛이 보였으면 좋으련만. 이봐, 늙은이, 자네는 한꺼번에 너무 여러 가지를 바라는군. 그러나 내가 당장 바라는 것은 바로 그것이다. 노인은 좀 더 편한 자세로 키를 잡으려고 애썼다. 아픔이 느껴지자 그는 자기가 죽지 않았다는 것을 확신했다.

밤 열 시쯤 되었을 때 도시의 불빛에서 반사된 빛이 보였다. 처음에는 달이 뜨기 전 하늘이 약간 밝아진 것처럼 겨우 알아볼 수 있는 정도였다. 그러더니 바람이 점점 강해지고 파도가 일었다. 마침내 대양 저 건너편에 불빛이 보였다. 그는 빛의 안쪽을 향해 키를 돌리며 이제 곧 물가에 닿게 되리라고 생각했다.

'이제 모든 것이 끝났구나'라고 그는 생각했다. 하지만 그래도 아직 안심

할 수는 없다. 상어가 또다시 공격해 올지 모른다. 만약 상어가 오면 무기도 없이 컴컴한 데서 무엇을 어떻게 할 수 있겠는가?

노인은 온몸이 뻣뻣해지는 것을 느꼈다. 몸 구석구석이 고통스럽게 쓰라렸다. 상처와 함께 몸의 모든 긴장했던 부분이 풀어지면서 차가운 밤공기로 인해 통증이 심해졌다. 이제 다시는 싸우지 않아도 된다면 얼마나 좋을까.

그러나 자정께 이르러 노인은 또 싸워야만 했다. 이번에는 싸움이 아무 소용없다는 것을 알았다. 상어가 떼를 지어 몰려왔는데, 지느러미가 해면에 긋는 선과 고기한테 덤벼들 때의 인광만이 보였다. 노인은 몽둥이로 상어의 머리를 후려갈겼다. 수시로 살점을 뜯어 먹는 소리가 들렸으며, 배 밑에 있는 놈이 고기를 물어뜯을 때마다 배가 흔들흔들했다. 그는 몽둥이로 어디쯤이라고 짐작되는 곳과 소리 나는 곳을 필사적으로 후려쳤다. 그러다 마침내는 몽둥이마저 빼앗기고 말았다.

그는 키에서 손잡이를 떼어 냈다. 그리고 그것을 두 손으로 움켜잡고는 상어들을 몰아내기 위해 정신없이 두들겨 팼다. 그러나 상어들은 이제 뱃머리 쪽으로 몰려가더니 서로 번갈아 가며, 또는 한꺼번에 덤벼들어 고기의 살점을 뜯어내는 것이었다. 그들이 또 한 번 몰려오려고 한바퀴 돌 때 노인은 바다 밑에서 고기의 살점들이 빛나는 것을 보았다.

마지막으로 한 놈이 고기를 향해서 덤벼들었다. 이제 노인은 모든 것이 끝난 것을 알았다. 그놈은 뜯기지 않는 고기 머리까지 물고 늘어졌다. 노인은 상어의 머리를 향해 키 손잡이를 휘둘렀다. 한 번, 두 번, 또 한 번 휘둘러 쳤다. 키 손잡이가 부러지는 소리가 들렸다. 노인은 내친 김에 부러진 손잡이 끝으로 상어를 찔렀다. 노 끝이 둔탁하게 상어의 몸통을 뚫고 들어가는 것이 느껴졌다. 끝이 뾰족한 것은 틀림없었다. 그래서 다시 한 번 찔렀다. 상어는 물었던 것을 놓고 맥없이 떨어져 나갔다. 그것이 몰려든 상어 떼 중 마지막 놈이었다. 고기는 더 이상 먹을 것이 없었던 것이다.

노인은 이제 거의 숨을 쉴 수가 없었다. 입속에서 이상한 맛을 느꼈다. 그것은 구리쇠 같은 맛이었는데, 갑자기 입이 달아서 잠시 겁이 났다. 그러나 양이 많지는 않았다. 그는 그것을 바다에다 뱉어 버리고 나서 말했다.

"이거나 먹어라. 갈라노 자식들아. 그리고 사람 죽인 꿈이나 꿔라."

노인은 마침내 자신이 완전히 지고 말았다는 것을 알았다. 배의 고물로 돌아가 살펴보았더니 부러진 손잡이 끝이 키 구멍에 그런대로 맞아서 키질을 하기에 적당했다. 그는 어깨 위에 부대를 두르고 진로를 바로잡았다. 배는 이제 아주 가볍게 달렸다. 그는 아무 생각도 느낌도 없었다. 이제 모든 것이 다 지나가 버렸다. 그는 어서 빨리 내항(內港)으로 돌아가기 위해 될 수 있는 대로 기민하게 배를 몰고 갔다. 잠시 후에 상어 떼가, 식탁에 남은 찌꺼기를 주우려는 사람처럼 다시 고기의 잔해를 향해 덤벼들었다. 그러나 노인은 더 이상 신경 쓰지 않았다. 키를 잡는 일 외에는 이제 모든 일에 무관심해져 있었다. 무거운 짐이 없어 배가 가볍게 잘 달린다는 것을 느낄 뿐이었다.

배는 무사하다고 그는 생각했다. 배는 온전했다. 키 손잡이 이외에는 아무 이상이 없었다. 키 손잡이쯤은 쉽게 바꿔 달 수 있었다.

노인은 이제 조류의 안쪽으로 들어왔다고 느꼈다. 해안을 따라 늘어선 해변 마을의 불빛이 보였다. 그는 자신이 어디쯤 와 있는지를 알게 되었다. 집으로 돌아가는 것은 이제 조금도 힘든 일이 아니었다.

역시 바람은 우리의 진실한 친구야, 하고 그는 생각했다. 언제나 그런 것은 아니지만 가끔 그렇지. 바다에는 우리의 친구도 있지만 적도 있다. 그리고 침대라는 것도 내 친구다. 그런데 바로 침대가 말이야, 정말 훌륭한 친구다. 내가 지쳐 버렸을 때는 편안하거든. 그 침대란 놈이 얼마나 편안한 것인지 미처 몰랐었어. 그런데 내가 무엇 때문에 이렇게 지쳐 버린 걸까. 그는 곰곰 생각해 보았다.

"아무것도 아닌 걸 가지고." 그가 큰 목소리로 말했다.

"단지 내가 너무 멀리 나갔던 탓이야."

마침내 노인의 배가 작은 항구에 들어왔을 때, 테라스의 불은 이미 꺼져 있었다. 사람들도 모두 잠자리에 들었음을 알 수 있었다. 꾸준히 불던 미풍이 제법 거세졌다. 그러나 항구는 조용했다. 아무 인기척도 없었다. 그는 바위 밑 좁은 자갈밭에다 배를 댔다. 도와줄 사람도 물론 없었다. 그래서 그는 될 수 있는 대로 배를 뭍에 바싹 갖다 대었다. 그리고 배를 바위에 단단히 묶어 놓았다.

그는 돛대를 내리고 돛을 감아서 묶었다. 그의 행동은 민첩하고 정확했다. 그다음 돛을 어깨에 메고 해변을 기어올라 가기 시작했다. 그제야 그는 자신이 얼마나 피로한 상태인지를 절실히 깨달았다. 그는 잠시 걸음을 멈춘 채 뒤를 돌아보았다. 가로등의 반사된 불빛으로 배의 고물에 고기의 거대한 꼬리가 빳빳이 서 있는 것이 보였다. 등뼈가 하얗게 노출되어 생긴 선과 주둥이가 튀어나와 있는 검은 부분이 매우 대조적이었다. 그 사이는 텅 비어 있는 앙상한 모습이었다.

그는 다시 올라가기 시작했다. 꼭대기까지 와서 그는 힘없이 넘어졌다. 돛대를 어깨에 멘 채 그대로 잠시 동안 누워 있었다. 일어나려고 애를 썼다. 그러나 너무나 힘들어서 돛대를 어깨에 메고 앉은 채 망연히 길 쪽을 바라보았다. 고양이 한 마리가 볼일을 보러 저 멀리 길을 건너가고 있었다. 노인은 그것을 바라보았다. 마냥 그 길을 쳐다볼 뿐이었다.

이윽고 그는 돛대를 내려놓고 우선 몸부터 일으켜 세웠다. 그리고 다시 돛대를 집어 어깨에 멘 채 걷기 시작했다. 자신의 판잣집까지 가는 동안 그는 다섯 번을 앉아서 쉬어야만 했다.

판잣집 안으로 들어가서 벽에다 돛대를 세워 놓았다. 어둠 속에서도 그는 익숙하게 물병을 찾아 물을 한 모금 마셨다. 그러고는 침대에 드러누웠다. 담요를 끌어당겨 차례로 어깨와 등과 다리를 덮은 다음, 신문지에 얼굴을 파묻고는 두 팔을 밖으로 쭉 뻗었다. 그리고 손바닥을 위로 편 채 그대로 잠이 들었다.

아침에 소년이 판잣집의 문을 열고 안을 들여다보았을 때도 노인은 그대로 잠들어 있었다. 소년은 바람이 심해지자 노인의 판잣집이 걱정되어 찾아온 것이었다. 소년은 노인이 곤하게 잠들어 있는 것을 발견했다. 그러나 다음 순간 노인의 두 손을 보고 울기 시작했다. 소년은 커피를 가져와야겠다고 생각했다. 소년은 조용히 밖으로 나왔다. 길을 내려가면서도 소년은 내내 울었다.

여러 어부들이 노인의 배 주위에 모여서 배 곁에 묶여 있는 것을 구경하고 있었다. 한 사람은 바지를 걷고 물속에 들어가서 줄자로 뼈의 골격을 재고 있었다. 하지만 소년은 그곳으로 내려가지 않았다. 벌써 가 보았었기 때문이다. 어부 한 사람이 배를 점검하고 있었다.

"노인은 좀 어떠시냐?"

한 어부가 소리쳤다.

"계속 주무시고 계세요."하고 소년이 소리쳤다. 소년은 사람들이 자기가 울고 있는 것을 보건 말건 개의치 않았다.

"절대로 할아버지를 깨우지 마세요."

"코에서 꼬리까지 무려 18피트나 돼."

골격을 재던 어부가 소리쳤다.

"그럴 거예요."하고 소년이 대답했다.

소년은 테라스로 내려가서 긴 양철통에 커피를 하나 가득 달라고 청했다.

"뜨겁게 해 주세요. 그리고 우유와 설탕을 많이 넣어 주세요."

"뭐 다른 것은 필요 없니?"

"아니오, 나중에 뭘 드실 수 있나 알아보구요."

"정말 대단한 고기야. 이런 고기는 처음 봤어. 그리고 어제 네가 잡은 두 마리도 괜찮았었다."

"그까짓, 내가 잡은 고기는 아무것도 아닌걸요."하고 소년은 말하다 말고 또다시 울기 시작했다.

"너도 뭐 좀 마시련?"하고 주인이 물었다.

"아니오."

소년이 대답했다.

"대신 사람들한테 산티아고 할아버지를 귀찮게 하지 말라고 전해 주세요. 곧 돌아올게요."

"내가 마음 아파한다더라고 전해라."

"고맙습니다."

소년은 고개를 끄덕이며 말했다.

소년은 뜨거운 커피가 든 깡통을 조심스럽게 들고 노인의 판잣집으로 올라갔다. 그리고 노인이 깰 때까지 옆에 앉아 지키고 있었다. 노인은 딱 한 번 잠을 깰 듯하더니 다시 깊은 잠에 빠져들었다. 소년은 조용히 밖으로 나왔다. 커피가 식어 버린 것이다. 그는 길을 건너 커피를 데울 나무를 얻으러 갔다.

마침내 노인이 잠에서 깨어났다.

"일어나지 마세요."하고 소년이 말했다.

"우선 이걸 마시세요."

소년은 커피를 유리컵에 따랐다.

노인은 그것을 받아서 마셨다.

"마놀린, 그놈들한테 내가 지고 말았어. 그놈들이 나를 이겼지."

"하지만 고기가 할아버지를 이긴 건 아니었어요. 저 고기는 아니란 말예요."

"그렇지, 정말. 내가 놈들한테 진 것은 나중의 일이야."

"페드리코가 배와 고기잡이 도구를 점검하고 있어요. 고기 머리는 어떻게 할까요?"

"페드리코더러 쪼개서 고기 덫에나 쓰라고 해."

"그 창날부리는요?"

"갖고 싶거든 네가 가지렴."

"좋아요. 정말 갖고 싶어요."하고 소년이 말했다.

"이제 그 일을 잊고 다른 계획을 세워야지요."

"다들 날 찾았었니?"

"물론이죠. 해안 경비대와 비행기까지 날았는걸요."

"하지만 바다는 너무나 크고 배는 작으니까 발견하기 어렵지."하고 노인은 말했다. 순간 노인은 새로운 사실을 뼈저리게 깨달았다. 자기 자신과 바다를 상대로만 말을 하다가 진짜로 얘기를 나눌 상대가 있다는 게 얼마나 즐거운 일인가를 말이다.

"그동안 네가 없어 얼마나 아쉬웠는지 몰라. 너는 뭘 좀 잡았니?"

"첫날은 한 마리, 둘째 날에도 한 마리, 그리고 셋째 날은 두 마리 잡았어요."

"잘했다."

"이제 우리 같이 잡으러 다녀요."

"아니야, 나는 운이 없어. 이제 나는 운이 다했나 봐."

"아니, 운이라니요?"

하고 소년이 의아하다는 표정으로 말했다.

"그렇다면 이제부터는 제가 운을 갖고 갈게요."

"너희 식구들이 뭐라고 하지 않을까?"

"상관없어요. 난 어제 두 마리를 잡았어요. 하지만 나는 아직 배울 것이 많이 있어요. 우리 이제부터 같이 나가요, 네?"

"좋은 작살을 하나 구해서 늘 배에 싣고 다녀야겠어. 아마 고물 포드차의 스프링 조각을 이용해서 날을 만들 수 있을 거야. 구아나바코아에 가서 갈아 오면 돼. 아주 날카로워야 한다. 부러지기 쉬우니까 버려서는 안 돼. 내 칼은 이미 부러졌어."

"아예 칼도 하나 더 구하고 스프링도 갈아 올게요. 이번 강풍이 며칠이나 갈까요?"

"사흘쯤, 아니 좀 더 오래 갈지도 모르겠다."

"제가 모든 걸 잘 챙겨 놓을게요. 할아버지는 이제 그 손이나 잘 보살피세요."

"손이야 별 문제 아냐. 하지만 지난밤에 뭔가 이상한 것을 뱉었었는데 마치 가슴속의 뭐가 깨진 것 같았어."

"그것도 고치세요. 누우세요, 할아버지. 제가 깨끗한 셔츠를 갖다 드릴게요. 뭐 좀 드실 것하고요."

"그리고 내가 없는 동안에 온 신문이 있으면 아무 거나 좀 가져오너라."

노인이 말했다.

"난 앞으로 배울 것이 많고 할아버지는 뭐든지 다 가르쳐 주셔야 하니까 빨리 나으셔야 해요. 그동안 얼마나 고생하셨어요?"

"좀 심했지."

"드실 음식과 신문을 가지고 오겠어요. 약방에 가서 손에 바를 약도 사가지고 올게요."

"페드리코에게 고기 머리는 그 사람이 가지라고 꼭 전해라."

"네, 잊지 않겠어요."

소년은 문밖으로 나섰다. 그리고 닳아 빠진 산호암 길을 내려가면서 또 다시 울었다.

그날 오후에 테라스에 관광단 일행이 도착했다. 빈 맥주 깡통들과 죽은 꼬치고기가 흩어진 사이에서 바다를 내려다보고 있던 여인이 커다란 꼬리만 우뚝 솟은 길고 하얀 등뼈를 보았다. 마침 동풍이 불어 쉴 새 없이 큰 파도가 일고 있었고, 그때마다 조류에 밀려 떠올랐다 흔들렸다 하고 있었는데 그 허연 등뼈와 꼬리는 물결과 나란히 떠올라서 출렁거리고 있었다.

"저게 뭐예요?"

그녀는 웨이터에게 물었다. 그녀의 손끝은 조류에 쓸려 나가기만을 기다리고 있는, 쓰레기에 지나지 않는 커다란 고기의 긴 등뼈를 가리키고 있었다.

"티뷰론이지요. 상어의 일종이에요."

웨이터는 그 고기에 얽힌 사연을 설명해 주려고 했다.

"상어가 저렇게 멋있고 아름답게 생긴 꼬리를 가지고 있는 줄 몰랐는데요."

"나도 몰랐어."

부인의 동행인 남자가 대답했다.

그때 길 저쪽의 오두막 속에서는 노인이 또다시 깊은 잠에 빠져들고 있었다. 그는 아직도 얼굴을 파묻고 엎드려 잠들어 있었다. 소년은 그 곁에 앉아 잠자는 노인을 지켜보고 있었다. 노인은 사자 꿈을 꾸고 있었다.